포경선

포경선

발행일	2017년 4월 10일			
지은이	정 은 진			
펴낸이	손 형 국			
펴낸곳	(주)북랩			
편집인	선일영	편집	이종무, 권유선, 송재병, 최예은	
디자인	이현수, 이정아, 김민하, 한수희	제작	박기성, 황동현, 구성우	
마케팅	김회란, 박진관			
출판등록	2004. 12. 1(제2012-000051호)			
주소	서울시 금천구 가산디지털 1로 168, 우림라이온스밸리 B동 B113, 114호			
홈페이지	www.book.co.kr			
전화번호	(02)2026-5777	팩스	(02)2026-5747	

ISBN   979-11-5987-509-0 03810(종이책)   979-11-5987-510-6 05810(전자책)

포경선

거친 바다에서 펼쳐지는
고래와 선원들의 운명적인 대결

정은진 소설

북랩 book Lab

머리말

자연과 인간의 대결에서 인간은 언제나 승리의 길만을 걸을 수 없다. 자연은 수많은 부딪힘 속에서 몸부림친다.

지구의 환경이 변해갈수록 세상은 무질서로 빠져든다. 우리들이 환경을 보호한다 해도 너무나 많은 다양성으로 인해 환경은 파괴되며 자연 또한 인간에게 내준 것만큼 다시 인간에게 주어진 혜택을 빼앗는다.

북극이나 남극의 빙하는 빠른 속도로 해빙되어 해수면을 상승하게 한다. 그러므로 세계인은 자연의 룰을 지켜나갈 때 지구의 미래는 단축되지 않는다.

바다는 인류의 영원한 보물이며 보고이다. 바다는 여성이며 어머니의 자궁과 같은 역할을 한다. 모든 생명체는 바다에서 생성되었고 바다의 환경파괴는 인류의 장래에 커다란 해를 입힌다.

지구의 미래는 인간들의 손에 의해 결정된다. 황제고래와 같은 바다 생명체의 파괴는 먼 미래까지 인간의 삶을 풍족하게 만들지 못한다.

다음 세대를 위해 현세대가 환경을 보전할 때 후손들을 위한 책임은 완성된다. 그러나 지금 세계의 환경 수준은 아주 낮다. 그만큼 환경은 불안한 상태를 유지하고 있다. 자연은 그대로 내버려둘 때 스스로 정화되고 회복된다.

인생은 예기치 못한 상황들이 전개된다. 불행과 행복 사이에서 불행이 찾아올 때 빠른 시일 내에 극복할 수 있는 메시지를 전달한다. 이미 일어난 불행한 일들을 생각하며 붙잡고 있으면 미래는 암울한 그림자가 인간들을 붙잡는다. 최대한 빨리 그러한 일들을 수습하고 미래의 길을 걸어가야 한다.

인생은 언제나 배가 고프다. 하지만 빵은 누구에게도 저절로 주어지지 않는다. 인간은 배가 고프면 무엇이든지 한다.

그러나 인간은 독창적인 정신과 영혼이라는 뛰어난 마지막 무기가 있다. 배고픔을 승화되게 하며 배려심과 이기주의마저 영혼이라는 인간 본성을 되찾아 자연의 룰을 따르게 된다.

인간의 보편적 가치는 이루어질 수 없는 꿈이 아니라 이루어질 수 있는 꿈들을 만들어 나간다.

세상은 오늘도 어떤 곳에서는 피비린내 나는 전쟁을 겪고 있다. 그 전쟁터에서 무수한 인간들이 죽음을 당하고 그에 편승하여 시민들은 공포로 잠 못 이루는 나날들을 보내고 있다. 전쟁은 환경을 파괴하는 가장 큰 주범이다.

바다는 인류의 보고이다. 바다는 스스로 평화를 원한다. 고래를 의학용으로 잡는 자체도 우리는 경계해야 한다.

고래는 바다를 지켜 나가는 반석 같은 존재들이다. 다음 세대를 위해서라도 고래잡이는 완전히 금지해야 한다.

바다를 사랑하는 것은 당신의 마음에서 한시라도 떠날 수 없는 최고의 지성이다. 인간의 영혼은 평화의 바다를 만들고 서로의 꿈을 만드는 희망을 얻고 바다는 언제나 지구의 평화를 원한다.

차례

1

시계가 인사를 한다.

"안녕, 안녕?"

그가 가장 좋아하는 단어이다.

지난밤에 소주를 2병이나 마셨더니 숙취가 심하다. 이
제 술도 끊어야 한다. 공원을 타고 내려오는 바람이 시원
하다. 일어나 앉았더니 부채꼴 형태의 햇살이 몸을 간지
럽힌다.

어젯밤 꿈에 용을 타고 하늘을 훨훨 날았던 기억이 커
피 속에 어린다. 오랜 시간을 불면증에 시달렸다. 오래간
만에 깊은 잠에서 깨어난 그는 좋은 꿈과 더불어 마음이
가벼웠다.

쌀독을 쓱쓱 긁는 소리가 들린다. 중학생인 아들의 공
납금 3개월분을 완납했기 때문이다.

81일간의 고래잡이는 허탕이었다. 이제 한계의 범위를 넘어선 순간이다. 하지만 오늘은 새벽 한기가 현관을 타고 찌릿찌릿 올라오는 느낌이 아주 좋았다.

대어를 만날 것 같은 날이다. 일본식 다다미 문을 열자 공원에서 불어오는 향긋한 아카시아 내음이 가슴에 스며든다. 이런 날이면 소낙비도 그치고 안개마저 사라진다.

주전자의 물을 비워버렸다. 몸은 가뿐하고 정신도 맑아진다.

오늘은 선원들과의 미팅이 있다. 선원들은 배가 너무나 고프다. 오랜 시간 실패만 거듭했기에 선장인 나만 바라본다. 이번 출항에는 기필코 황제고래를 포획하여 모두의 갈증을 풀어 주어야 한다.

늙은 어부는 이번에도 승선하여 출항에 나선다. 집보다 고래와 바다가 애인인 것 같다. 그는 369마리를 포획한 바다의 전사다. 그의 바다 이력은 60년의 항해길을 끈질기게 수행했다.

고래를 첫 번째 발견한 사람은 미식가들도 먹지 못하

는 꼬리를 승리의 선물로 받는다. 그는 이제껏 360개의 꼬리날개를 간직하고 있다. 사나이 중에 사나이다. 언젠가 폭풍우에 선박이 침몰했을 때 25시간을 물속에서 견딘 철인이다.

선박이 출어해도 좋은 날씨다. 부두는 매우 분주했으며 선원들의 구릿빛 피부는 비장감으로 무장되어 있다. 수년간 함께했던 그들의 얼굴에서 '대어를 잡아 밀렸던 월사금을 분납해야 한다.' '집에 두고 온 아이들이 한둘이 아니다.' '예닐곱 아이들의 입을 채우려면 벌써 쌀독은 바닥을 보이고 있을 텐데.' 이런 생각들이 보였다. 하지만 그럴수록 평정심을 유지해야 한다.

핏빛 냄새를 풍기는 듯했다. 그러나 그는 알고 있다. 반드시 고래를 만나야 한다. 성공과 실패는 우연한 결과에서도 얻는다. 우주의 기운이 선장인 자신에게 에워싼다. 선원들은 선장 주위에 모인다.

오늘은 오늘, 지금은 지금, 내일은 내일, 바다에서는 과

거 현재 미래를 생각해야 하지만 오늘은 지금, 바로 현재가 가장 소중하다. 선장은 깊은 생각에 잠긴다. 왜냐하면 지금 출항하면 100전 100패일 것이기 때문이다.

선원들의 얼굴은 굳어 핏기마저 없지만 가슴속 깊은 곳에서는 승리할 수 있다는 욕망이 꿈틀거리고 있다.

하지만 이같은 조건과 상태라면 전쟁에 나가기도 전에 패배의 고배를 마실 것이다. 선원들의 얼굴을 하나하나 찬찬히 살펴본다. 이같은 상황이 지속된다면 황제고래를 잡을 수 없다.

선장은 호주머니 속을 더듬는다. 따뜻한 지폐에 온기가 남아 있다. 최후의 비상금이다. 지금의 상태로는 실패할 확률이 높다. 황제고래는 커녕 돌고래도 잡기 어려울 것이다.

막걸리 11잔을 주모에게 주문한다. 지난번에 빚진 외상값은 오늘 계산할 테니 걱정하지 말라고 하자, 주모의 입꼬리가 올라간다.

잘 삶아진 돼지고기 수육을 씹으며 막걸리를 든다.

"자, 황제고래를 위하여!"

잔을 높이 들고 단번에 마셔버린다.

선장이 선원들의 비장한 얼굴들을 부드럽게 어루만져 줄 때 바다에서도 무탈하며 고래도 빠른 시일 내에 발견할 수 있다. 오랜 경험은 먹이 앞에서는 용서가 없다. 그대로 전진한다. 이제 부드러운 감정이 선원들의 가슴에 되살아난다. 다들 자녀들의 월사금을 내지 못했다. 선장은 마지막으로 친구에게 빌린 귀한 돈을 주머니에서 꺼낸다. 공납금은 국가의 운명이 좌우된다. 우리 모두는 마도로스지만 교육에 동참해야 한다. 바다는 바다 사나이가 될 때 길을 열어준다.

선장은 언제나 선원과 선박과 일심동체다. 지금 그는 모든 것을 올인했다. 지금은 내일만 생각한다. 너무 많은 생각도 항해에 도움이 되지 않는다. 새벽의 일본풍 다다미 방의 텁텁한 냄새와 공기는 나에게 항상 영감을 준다. 선원들은 갈 때까지 간다.

막걸리 냄새가 선술집에 진동하지만 선원들과의 분위기는 훈훈하다. 지난밤 잠을 설친 선원에게 중년 선원이 말한다.

"이번에 고래를 잡으면 한 6개월 정도 걱정없이 생활하겠지요."

선원들이 월사금에서 벗어나야 하므로 선장은 올인을 했다. 모든 것을 걸었다.

2

출항이다! 아카시아 향이 출항을 축복해 준다.

오후 4시에 부두를 떠난다. 비도 그치고 운무마저 사라졌다. 구릿빛 얼굴에는 웃음꽃이 피어났다.

출항 전의 비장감은 항상 실패의 전주곡이기 때문에 긴장을 푼다. 이번에는 피맛을 보고야 말겠다. 가난하고 배고픔에서 당분간 해방되고 싶은 선원의 마음을 읽은 선장은 출항준비를 한다.

선장은 알고 있다. 그 고래도 알고 있다. 선원들의 비장감은 실패와 성공의 갈림길임을 본능적으로 안다. 선장은 더이상 물러날 곳이 없다.

밀린 외상값을 주며 주모에게 떠나기 전 마지막 인사를 한다.

출항을 알리는 뱃고동 소리와 함께 선원들은 각시탈

을 쓰고 애인인 바다에게 잘 보이기 위해 춤을 추고 또 춘다.

선장의 명령이 떨어졌다. 기관실에서 엔진의 우렁찬 소리는 호랑이 울음 같다. 다이너마이트 터지듯 폭발음이 들린다. 항구를 가로질러 좌현 등대를 돌아가면 슬픔을 감춘 뱃고동소리는 멀어져간다. 가는 배는 베일에 물든 신비의 늪으로 항해한다.

바다는 본색을 숨긴 채 포경선을 품에 안고 짙은 키스를 하며 파도를 넘나든다. 포경선은 그네처럼 바람을 안고 살랑살랑되며 조류를 거슬러 근해로 나아간다. 한 무리의 돌고래들은 선박의 속도를 비교하듯 탱고를, 왈츠를, 블루스를 추면서 생명의 바다를 깨운다.

낮달이 뜨면 꿈의 새는 뱃전에 이별의 키스를 한다. 주문을 외운다.

"새야 새야 이리 오렴. 이별이 아닌 그리움을 보여준다. 바다새야 바다새야 항구로 돌아가 내 님의 입술이 묻은 사랑에 연서를 갖고 노을이 되기 전에, 해 지기 전에 돌아오렴."

기관실의 우렁찬 폭발음이 들린다. 미끄러지듯 바다를

밀고 나간다. 항구는 점으로 보인다. 바다의 중심 하늘의 중심이 관통된다. 거칠 거 없는 항해다. 물결을 넘을 때마다 수평선은 어서 오라 손짓한다. 가도 가도 같은 원 안에 공간에 있다. 다가갈수록 이제는 포경선이 중심이 되었기 때문이다.

선장은 떠나온 고향을 잊기로 했다. 꿈에 보았던 고향은 언제나 푸른 비에 씻겨 흘러 갔다. 등불을 향한 불나방 같은 무모했던 나날들을 회상한다.

그리움에 찾아간 고향은 눈비가 내렸고 당신을 다시 보았을 때 예감했지요. 숙명의 바다는 두 사람의 운명을 알아버렸어요.

당신의 사랑이 가는 대로 마음을 허락한 밤에 등대의 불빛마저 붉게 만들었어요. 숙명의 바다는 영원한 인연이 되었고 두 여인은 거친 바다로 항해하다가 님의 등대로 돌아가지요. 그때도 당신이 그립다면 다음 생애는 숙명의 바다로 함께해요.

선장은 이제 고향을 떠나기로 마음을 잡는다. 생사는 바다의 신, 넵튠에게 달려 있다. 포세이돈은 가냘픈 포경선을 지켜 보고 있다. 선수에 부딪쳐 오는 수면의 부서짐이 월광을 타고 은빛 모래가 되어 바다에 흩어진다.

초승달은 빈 배의 바람을 아는지 구름을 타고 동행한다. 망루에 올라갔다. 보름달이 뜨기 전에 승부를 봐야 한다. 승자와 패자는 언제나 말이 없다. 바다의 룰이 그렇다.

아까운 시간들이 지나갔다. 목표점은 독도와 울릉도이다. 그곳으로 항해 중이다. 아픈 다리를 끌며 선실로 들어가 눈을 감는다. 조타수에게 키를 맡긴다. 바다는 조용했다.

밤바다에 어둠이 오면 바다는 알 수 없는 자연의 신비를 간직한 채 침묵을 즐긴다.

달이 뜬 날은 새로운 친구를 만난다. 푸른 물결이 보라색 물결로 흩어지면 월광을 먹은 날치들이 은빛 날개를 번뜩이며 멀리멀리 날아간다. 너무 높이 난 날치는 갑판 위로 떨어진다.

날치의 발광체는 풍뎅이를 닮았고 여기저기 날아다니는 폼은 제비처럼 날씬하다.

스키 선수들보다 유연한 흐름을 보여준다. 월광이 짙어 갈수록 날치의 비행술은 예술가이다. 오리온은 벌써 수평선에 머물고 있다. 새벽이 다가온다. 북극성은 변함없이 그 자리에 있다.

가슴에 불을 지핀다. 희나리는 마지막 순간에 나타나야 한다. 이대로 돌아갈 수 없다. 내일은 내일이 오기 전에 어렴풋이 알 수 있다.

마음은 시리다. 아직 하루도 보내지 못했는데 힘을 비축해야 한다. 아주 쓴 커피를 마셨다. 바다는 고향 같다.

고요한 날씨는 열흘 중의 사흘이다. 엔진의 소리는 둔탁했고 파도를 밀어내는 힘은 가벼웠다. 망루에 올라가 별이 지는 곳까지 멀리 응시한다.

그는 실패했던 장소를 좋아한다. 모든 것은 동전의 양면성을 갖고 있다. 그곳에서 새들을 보며 조류의 흐름도 체크한다. 고래가 자주 지나가는 진로이다.

선장은 갑판으로 내려와 선수에서 흩어지는 플랑크톤

의 상태로 멸치들의 이동을 감지한다. 선교에 있는 어탐기보다 오랜 경험이 나을 때가 있다. 니무 매끄럽지 못하다. 수면의 색도 짙은 맥주색이다. 괜찮은 현상은 아니다.

갑판에서 새벽하늘을 보고 새들을 찾는다. 어탐기에 찍힌 상황과 물의 색깔로는 어장이 형성되기는 어렵다. 선장은 미궁에 빠진다.

포경선은 포구를 떠난 지 5일이 지났다. 하늘에는 새들도 자취를 감추었다. 돌고래가 배 주위를 맴돌고 포경선의 항로를 따라붙는다. 돌고래는 어장을 망치게 만드는 주범이다. 그들이 나타나면 멸치떼는 멀리 사라진다.

동해의 환경은 아직 설익은 과일이다. 시간이 필요하다. 선장은 코스를 연안 쪽으로 들어간다.

울진 앞바다까지 연안을 따라 고래를 찾는다. 울진의 등대가 보이지 않을 때 일직선으로 근해로 전진한다. 육지는 보이지 않는다. 바다의 중심 하늘의 중심이 배와 관통된다.

지구의 기준은 북극성이다. 북극성은 모든 방향을 지

시하는 우주의 설계자다. 너와 나의 중심, 하늘의 중심에 관통된다.

거칠 것 없는 시간과 공간이다. 항해할수록 수평선은 그만큼 늘어진다. 수평선의 노을은 붉은 용의 몸짓처럼 화려하다.

독도를 향한다. 수평선은 선원들의 애인이다. 가도 가도 잡히지 않는 애인 같은 첫사랑 같은 사이다.

항해를 할수록 공간은 그대로이다. 다가가면 멀어지는 그 공간에 바다와 별은 마주 보며 무슨 말들을 할까? 궁금도 하다. 선장은 지나가는 배들을 관측하면서 선수와 선미 망루를 점검한다. 보랏빛 플랑크톤은 자신이 원하던 빛이 아니다.

선교에서 갑판장에게 조타키를 맡기며 잠시 잠이 든다. 그는 거칠 것 없는 항해를 선호한다.

어느 날은 심장이 뛰어 멈출 수 없다. 바다는 그의 생명이고 첫사랑이기 때문이다. 그는 쉼 없는 항해를 좋아한다.

오늘 아침은 상쾌했다. 밤에 생각했던 기우가 아직 나

타나지 않았다.

오전 8시, 독도와 울릉도가 보였다. 레이다로 본 독도는 25마일 떨어져 있다. 3시간이면 독도까지 도달한다.

기다리던 새들은 보이지 않는다. 선원들이 모여 지난 밤 꿈에 관한 이야기를 한다.

"거대한 고래를 만났는데 그만 놓쳤다는 거야. 포수가 징크스가 있어서 아이러니하지. 붉은 팬티를 입지 않고 대포를 발사했다는 거야. 엉뚱한 대로 작살이 날아가 버렸대."

서로가 한참을 웃었다. 독도를 우현으로 레이다로 25마일로 돌아가 지그재그로 항해하자 선장은 그들의 말들을 경청했다.

늙은 어부는 여기가 오늘 전투장이다. 무조건 황제고래를 만날 기회라고 한다.

독도의 아름다움에 선장은 잠시 눈을 감는다. 고래의 내음, 고래의 소리, 멸치떼들의 움직임, 새들의 도움을 아직 기다려야 한다.

3

밤의 포세이돈은 포경선을 지켜보고 있었다.

선수를 넘나드는 돌고래들이 포경선 곁에서 달리기 시합을 했다. 물결에 부서지는 월광은 은빛 황금색이 되어 끝없이 선미 꽁무니로 따라왔다. 이제 제법 큰 초승달은 빈 배의 소원을 아는지 동행을 했다.

돌고래는 어선들에게는 나쁜 결과를 가져다 준다. 그들의 출현은 최악인 상태로 바다를 만들어 버린다.

멸치들은 순식간에 사라지게 만든 주범이 돌고래들이다. 선장은 갑판에서 그들 돌고래를 발견한다.

늙은 노인은 긴 창을 갖고 갑판으로 접근하는 돌고래에게 힘껏 던진다. 명중이다.

우현쪽에도 힘껏 밀어넣는다. 명중이다. 두 마리는 당분간 단백질 공급용으로 쓸 수 있다.

피를 토하면 딸려오는 돌고래는 몸부림을 친다. 피를 질질 흘리며 애원의 눈빛으로 배를 바라본다.

그의 운명은 어쩔 수가 없다 두 마리는 갑판에 올라왔다. 이리저리 갑판을 몸으로 내리친다. 이럴 때는 선원들이 돌고래를 빠르게 급사시키는 것이 가장 좋은 방법이다.

갑판장은 달려 들어가 나무 해머로 정수리를 내려친다. 달달 떨다가 금방 숨이 끊어진다.

포경선은 이제 그 해역을 벗어남이 상책이다. 독도의 아름다움이 다윗의 망루보다 더 멋스럽다.

돌고래는 선원들의 식용으로 매우 중요하다. 황폐한 어장을 버리고 여기를 탈출해야 한다.

지능지수가 40을 넘는 돌고래들은 낚싯줄에 달린 꽁치마저 머리만 남겨 놓은 채 따 먹는다. 그들의 초음파는 아마도 인간들의 지능지수에 가까울 것이다.

선장은 어탐기를 바라본다. 구룡포 방향 서쪽보다 북동쪽 40도 방향으로 나아가 북해도 협수로를 항해하는 것이 더 나은 방법이라 생각한다.

갑판장에게 사인을 보낸다. 40도로 항해하기를 지시한

다. 북해도까지는 하루 거리이다. 기상도에 그 지역은 저기압이며 폭풍 속으로 항해해야 한다. 선장은 북해도를 선택한다.

북해도는 위험한 지역이다. 대형상선과 여객선 오징어배 등 이루 말할 수 없이 협수로는 복잡하다.

저기압을 이겨내야 황제고래를 잡을 수 있다. 대형 트롤선이 좌현에 바짝 붙어서 항해한다. 망원경을 꺼내 선명을 확인한다. 동산호. 무게는 4,652톤이다. 무적의 함대 같다.

선장은 16년 전에 동산호에 3년간 승선하여 알래스카에서 조업을 한 경험이 있다. 아직 시간은 남아 있다. 대화퇴로 선수를 맞춘다. 인간은 예감이라는 것이 있다. 동산호를 만난 것은 좋은 징조다. 선장은 어탐기를 바라본다. 이곳을 벗어나야 한다.

독도에서 북쪽으로 올라가면 있는 대화퇴로 가자. 대화퇴는 수심 아래 큰 퇴가 있으며 면적은 경상도 정도되는 크기의 섬이다.

또한 오징어 서식 장소이며 수많은 어종들이 그곳에

있다. 유속의 흐림이 가장 적게 미치는 시기인 조금은 대화퇴를 황금어장으로 만들어 준다.

그는 무에서 유를 창조하는 방법을 어린 시절에 깨달았다. 특히 어린이들을 좋아한다.

그들의 천진난만한 웃음과 미소를 함께하기를 즐긴다. 웃음은 사랑의 묘약이며 불멸의 사랑을 그 시절에 경험할 수 있다. 그들의 순수성은 사회를 따뜻하게 만드는 원천이다.

시련 속에서 잃지 말아야 할 끈이 있다. 어린 시절 사랑의 근원을 잊어버리면 안 된다.

사회가 원하는 행복은 보편적 가치와 진리, 경건한 정신을 통해서 인생을 살아갈 때 서로의 가치는 빛이 난다.

선 그리고 죄, 정의와 진리 앞에 서로를 이끌어 줄 기준을 찾아본다. 밤하늘에 북극성이 없다면 우리는 바다에서 항해할 수가 없다. 시작점은 그곳에서 우주는 운행한다. 세상의 시간은 변해가도 우주의 본질은 변하지 않는다.

인간은 무의식의 시간을 간직하고 있다. 우리가 잃어버

린 시간이다. 무의식의 바른 회복은 타인을 아름답게 만들고 도와주며 순수성 회복은 노을을 사랑하고 기쁘고 낙천적인 날들과 언제나 아름다운 나날들을 기다린다.

인생을 보물찾기 놀이처럼 즐겨라. 마음으로 보물을 찾아라. 이미 보물을 찾은 이도 있다. 그렇다고 해도 그 시간은 즐겁고 행복한 시간이다.

다양한 심적 갈등은 마음이라는 에너지로 풀어진다. 긴장감은 삶의 활력을 얻고 새로운 도전을 얻는다. 넘지 못할 파도는 없다. 긴장감은 자신감과 살아있음을 느끼게 해 준다.

긴장감을 초월할 때 자신을 버릴 수 있는 마음의 평안을 얻는다. 무의식의 단계까지 간다.

내면의 재능을 끄집어내고 능력이 나타난다. 심해에서 속살에 상처 입은 진주는 더욱더 아름답다.

진주는 고통과 시련 속에서 더욱 빛나는 자신을 만들어간다. 고난과 연단의 극복은 내가 갖고 있는 내면의 다른 부분을 찾아내고 우리 안의 진주를 만드는 과정을 거쳐 아픔도 치유하며 새로운 열정도 얻는다.

열정은 삶의 활력이 되고 자신을 재발견 하며 이웃을 돌아보게 하는 힘을 얻는다. 누구나 연단이 필요하다. 고통 없는 삶은 내면의 순수성을 잃어버린 인생이다.

자신의 시련과 고통까지도 사랑해야 한다. 나의 사랑은 타인을 사랑할 수 있는 과정을 얻는다.

선장은 어려운 시절일 때 돌을 사랑하게 되었다. 사랑의 감정이 광적으로 변했다.

산이나 시냇가의 돌을 좋아했다. 그는 방황했고, 길은 보이지 않았다. 아버지의 소천으로 이별이 가슴을 아프게 했다.

사랑은 떠났다. 그의 마음은 검은빛 빙산으로 변해갔다. 차라리 돌이 되는 것이 소망이었다.

바위는 그가 되고 그 또한 바위가 되었다. 그에게 질문했다. 인간들은 변한다. 그러나 너는 결단코 변하지 않는다.

무의식의 세계는 산 중턱에서 안개가 걷히기를 바라는 것과 같다. 안개는 공간을 뚫고 부챗살 햇빛이 시간과 공간을 물들일 때 신비한 경험을 한다.

바다에서 자무질로 심해 깊숙이 잠수할 때 의식과 무의식의 경계를 넘나든다. 극한 고통을 함께한다. 그리움의 순간이다. 이러한 경험은 내면의 심리다.

선장은 대화퇴가 가까이 오자 망루에 신호를 보낸다. 늙은 어부는 그러한 어둠 속에서도 바다를 감시하고 있었다.

4

황제고래는 어머니의 산고 끝에 이곳에서 태어났다. 그래서 대화퇴는 나의 고향이자, 아버지의 고향이다. 어머니의 산고가 너무나 힘들어 황제고래인 아버지는 3일 밤낮을 어머니 곁에 있었다.

내가 태어나자 어머니에게 특식으로 오징어와 멸치들이 무리 지어 몰려왔다. 물개들은 미역과 다시마를 물고 어머니에게 특별식으로 음식을 대접했다. 그때가 2년 전이었다. 북해도를 넘어온 지 4일이 지났다.

고향이 그리워 엄마에게 졸랐다. 나의 고향에 가기로 했다. 우리들은 세계일주를 위해 알래스카를 출발하여 12일만에 이곳에 도착했다. 오늘 대화퇴에 돌고래들이 황제를 기다리고 있었다. 갑자기 거대한 고래가 수면으로 올라온다. 전번에 보았던 잠수함이었다. 잠수함은 완전히 수면 위로 부상했다. 여러 수병들이 나와 맑은 공기를 마시며 우리들과 눈인사를 했다.

엄마 탱고는 좌현에서 잠수함에 길이를 재어보아도 별 차이가 없다. 서서히 잠수함은 심해로 잠행했다. 잠수함의 마지막 인사는 아디오스였다.

우리도 아디오스라며 작별인사를 했다. 오래지 않아 오징어 집단이 모여 사단병력으로 12군단을 질서 정렬하게 사열을 받을 준비를 했다.

물개들은 카드섹션으로 미역과 다시마 조개들을 가득 담아 2군단을 형성하며 사열준비에 만전을 가했다. 그리고 가자미들은 해저에서 황금색 모래를 뿌리며 대기하고 있었다. 빨간 고기 적어들은 큰 돌 사이에서 붉은 노을 빛으로 해저를 아름답게 수놓았다. 돔들은 큰 바위 위로 일렬로 사단별로 사열받을 준비를 하고 있었다.

물사자 4군단은 사열대 가장자리에서 사단별로 사열을 받을 준비가 끝이 났다. 자신들의 날쌘 몸매를 자랑하는 미사일 부대인 상어들이 가장 늦게 도착하여 마지막에 후미에서 준비를 겨우 마쳤다. 꽁치들은 5군단을 만들었다.

거대한 광장으로 대화퇴는 변했다. 사열이 시작되었다. 멸치들은 오징어 집단 후미에서 사열을 받았다. 황제 앞으로 모든 사단들은 일렬로 앞을 지나친다. 큰소리로 충성을 맹세했다.

사단병력마다 깃대를 들고 경례는 큰소리였다. 그중에 동해 오징어의 색깔이 더욱 돋보이게 했다. 수시로 카멜레온같이 색을 바꾸었다. 다른 현수막이 필요가 없었다.

용기가 충만한 물개들은 카드섹션으로 황제를 기쁘게 했다. 황제의 꿈은 바다와 육지의 평화였다.

오늘의 주제는 충성이 아닌 평화로 수정했다. 오직 충성이라고 외친 군단은 오징어 군단뿐이었다. 상어들은 미사일 부대를 이끌고 미사일 발사 장면을 연출했다.

잠수함은 멀리서 사단의 행렬을 지켜보고 있었다. 돌고래들은 수상스키 쇼까지 했다.

고마운 친구들. 좌우로 직립한 오징어 소리는 동해가 떠내려갈 듯이 엄청난 괴성을 질렀다.

사열의 끝을 본 잠수함은 독도를 향하여 항해를 시작

했다.

　잠수함 함장은 생각에 잠긴다.

　　북해도를 스쳐 지나갔던 순간들이 떠올랐어요. 언
제나 그곳은 눈이 내렸어요. 푸른 눈길을 항해했어
요. 추억은 언제나 아름다웠죠. 선교의 커튼을 열고
해도에 잠수함의 위치를 점으로 찍을 때 손길은 떨렸
어요.

　　갑자기 통영의 거리와 선술집이 그리웠어요. 북해
도의 밤이 이어져 통영에 오면 같은 밤 같은 시간으
로 흐르죠. 여기에 별이 그곳에 닿으면 평화의 눈꽃
은 등대의 등불이 되었어요.

　　사랑한다고 말하지 않아도 친구가 될 수 있는 당
신. 북해도의 설중화는 내 고향 야생화와 다를 바 없
겠지요. 당신의 고요한 바람이 운명의 바다를 타고
끝없이 이어져 이제는 평화의 바다가 된 거죠.

　잠수함 함장은 북해도 아오모리에서 공부를 했다. 포

경선의 선장은 생각에 잠겼다.

선수를 한 바퀴 돌렸다. 배가 360도 제자리로 돌아왔다. 부딪치는 물결의 부서짐이 솜사탕처럼 부드러웠다.

하루를 항해한 후 대화퇴에 도착했다.

월광은 은빛 실루엣을 뿜어내고 초승달은 빈 배의 상황을 아는지 먼 여행을 다시 시작한다.

흑갈색 맥주의 색은 사라지고 맑고 부드러운 수면이다. 선장은 야릇한 감을 잡았다.

언제나 망루에 있는 늙은 선원은 망루 맨 꼭대기에 있다. 선원들을 대기시킨다. 월광이 이 정도로 밝으면 고래를 발견할 수 있다.

바다 색깔은 아주 맑다. 야광빛도 수온약층을 형성하는데 도움이 되고 수온약층에는 어종들이 모이는 장소이다.

늙은 어부는 자신의 눈을 의심했다. 선수 좌현 10도에 집채만 한 무언가가 어렴풋이 보였다. 암초처럼 보였다.

서서히 가까이 다가간다. 고래인 것을 직감한다. 거리는 500미터쯤 된다. 비상벨을 울린다.

고래의 발견이었다. 그토록 보고 싶고 그리워했던 물체가 시야에 들어왔다. 이제껏 포수는 평생 5번의 실패뿐이었다.

황제고래였다. 전방 400미터. 고래는 북쪽으로 전속력으로 나아간다. 탱고와 아들인 디오를 우현 쪽에 두고 전진해 나간다. 우측에 있을 때 방어와 보호가 쉽다. 어느새 선박은 300미터이다. 고래의 속도는 포경선의 속도보다 빠르다.

점점 멀어진다. 한 시간을 추격했다. 디오의 속도가 늦춰진다. 아들을 놓고 갈 수는 없다. 아내인 탱고와 황제고래는 속도를 줄일 수밖에 없다.

다시 가까이 다가온다. 포경선의 선장은 엔진이 터지도록 스피드를 올린다.

그때 갑자기 샛바람과 하늘바람이 몰아쳐 온다. 이럴 때는 선박이 불리하다. 스피드가 바람의 영향으로 떨어진다.

한 시간 더 추격전을 펼쳤다. 이제 선박의 승리가 눈앞에 보인다. 디오의 속도가 떨어지기 시작한다.

선장은 한 번 더 엔진을 최대로 올린다. 흡사 터질듯한 괴성을 지른다. 빅토리아 폭포 떨어지는 소리보다 더 큰 신음 소리를 지른다.

이제 잡힌 고래다. 긴장감에 담배를 피운다. 그래도 아직 승리는 그의 편이 아니다. 바람이 자야 한다.

30분을 더 추격하니 바람이 잦아들었다. 이제 눈앞에 고래의 흐름을 판단할 때이다.

이제 100미터 바로 코앞이다. 이대로 엔진이 말썽을 부르지 않으면 고래는 그의 것이다.

선장은 백전백승의 사내 중에 사내다. 윈스톤 담배를 입에 문다. 50미터.

황제고래는 어쩔 수 없이 아내에게 말한다.

"내가 나포되면 아들을 데리고 지체 없이 알래스카로 돌아가라."

유언을 남긴다. 고래들은 한 마리가 잡히면 도망가지 않고 함께 죽음을 맞이한다. 인간들보다 의리가 좋다.

인간들은 남편이 죽었다고 같이 사망하지 않는다. 고

래들의 사랑은 영원한 불멸의 사랑이다.

디오를 오른쪽으로 보내고 자신의 등으로 아들을 보호한다. 황제고래는 자기가 가장 싫어하는 고래 죽은 냄새를 맡는다. 이제 어쩔 수 없다. 최선의 방법은 포신을 맞지 않는 길뿐이다.

그는 아내와 아들을 우현 멀리 보내고 좌현 10도로 변침한다.

선장은 고래들을 너무나 잘 알고 있다. 아빠 고래를 잡으면 두 마리는 덤으로 포획할 수 있다는 사실을. 그래도 긴장을 해야만 한다.

선박을 좌현 10도 변침한다. 50미터면 포수가 대포를 쏠 수 있는 거리다. 회오리바람을 품에 안은 선박은 우사인 볼트보다 더 빠르게 접근했다.

20미터. 포수는 포신을 조절한다. 3초면 포는 발사대를 떠난다. 포수의 손끝은 방아쇠를 잡고 기다린다. 일종의 호흡조절이다. 고래와 같이 호흡을 맞추어 나간다.

하나, 둘, 셋! 방아쇠를 당겼다. 그 순간 회오리바람이 거칠게 포경선을 휘감는다.

삼각파도가 일어나 선미가 휙 돌아간다. 더 심했다면 선박은 침몰한다. 돌풍은 선수와 선미의 중심을 잃게 만들었다. 포의 끝부분은 뭉텅하다. 오백 원 3개의 지름과 거의 흡사하다.

포는 황제고래의 가슴을 밀고 떨어져 나갔다. 포수의 인생에서 6번째 실패를 안긴다.

고래에 정통으로 맞으면 수갑을 채운 것처럼 움직일수록 조어드는 것과 같다. 고래의 옆구리를 스치며 지나갔다. 고래의 등이나 배, 심장에 맞으면 삼각형 조인트가 점점 조여져 결국은 피를 다 쏟아붓고 죽는다.

포수가 쏜 대포는 황제고래의 가슴을 빗나갔다. 황제고래는 찌릿찌릿한 전기가 지나간 자리처럼 심하게 쓰라렸다. 하지만 움직임이 평소와 같은 것을 보니 살아남았다. 황제고래는 북해도를 계속 나아갔다.

선장은 패배의 쓴잔을 처음으로 맛본다. 포경선의 전복인가 아니면 황제고래인가. 우리는 아직 그 끝을 모른다. 그렇기 때문에 우리는 앞으로 더 나아갈 수 있다.

선장의 명령은 떨어졌다. 끝까지 추격한다. 고래 가슴에는 피가 뭉게뭉게 피어오른다. 흡사 무지개처럼 살아남으려면 북해도를 넘어가야 한다.

포경선의 추격은 다시 시작된다. 호랑이 사냥꾼이 호랑이를 몰이하듯 속도를 줄여가며 나아간다. 모든 것들을 아껴야 한다. 우리들의 시간은 제한적이다.

돌고래들이 주위에 나타났다. 돌고래들이 주위에 나타났다. 황제고래를 잡을 수 없다는 것이다. 왜냐하면 돌고래들은 초음파로 황제고래에게 포경선의 위치를 알려주기 때문이다.

선장은 선박에 전등을 완전히 소거한다. 우리들은 이틀 안에 돌고래들의 손아귀에서 벗어나야 한다.

선장은 쿠시로를 돌아 일본 남단을 추격하기 위해 해도에 선을 긋는다. 하코다테의 등대 불빛이 보인다. 갑자기 저기압으로 파도가 높이 인다.

추격전이 예상보다 힘들 것 같다. 저기압이 폭풍으로 변해간다. 포경선이 내지르는 울음소리들이 마치 베토벤의 운명 교향곡이 되어 배를 진동한다. 넘실되며 뱃전을 파고드는 육중한 바다는 저승사자 같다.

그는 그동안 신을 멀리 바라만 보았다. 그러나 이번 항해는 느낌이 좋지 않다.

그러나 최후까지 살아남은 자가 승리의 축배를 마신다. 파도의 놀은 마치 울부짖는 사자보다 이제는 매서워져 간다.

파도가 이제 포경선을 밀어낼 정도다. 전진도 후퇴도 없이 그곳에서 폭풍을 피해야 한다. 파이팅이 강한 노련한 선장과 포경선은 괴성을 지르는 선박의 진동소리와 전력 질주한 단거리 육상 선수처럼 거친 숨을 몰아쉰다.

승리와 패배는 하늘이 주는 시련과 운명을 함께하며 포경선은 바람의 각도를 10도 유지한 채 산맥이 되어 버린 거대한 파도의 계곡을 타고 넘나든다.

"신이시여, 이 모든 것을 우리가 극복할 수 있도록 지혜를 주시옵소서."

호랑이 같은 검은 염소보다 더 짙은 흑갈색 파도는 호랑이를 등에 업고 이구아수 폭포의 울림처럼 소용돌이치며 선박을 하늘 높이 끝없이 정상으로 올려 보낸다.

운명은 운명이 결정한다. 자연은 자신의 힘과 위대함을 과시하지만 여기서 밀리면 모든 것은 물거품이 된다. 스키 선수들처럼 정상에서 내려올 때의 두려움은 상상할 수 없다.

그러나 긴장을 놓아버리면 안 된다. 선수를 바람 방향으로 유지하면서 포경선의 속력을 조절한다.

포경선의 특징은 복원력이 탁월하다는 것이다. 날씬한 외판과 용골은 부드럽게 완만한 경사를 이루며 밸런스를 유지한다.

배의 중심이 안정되어 있다. 파도와 승부를 걸만하다. 선수를 넘어 선교 유리창을 덮치는 파도에 한쪽 유리창은 뚫려 버렸다. 그리로 다시 파도가 넘어온다면 선박의 전선에 이상을 가져올 수 있다.

커다란 널빤지로 임시방편으로 삼는다. 선원 두 명은 필사의 힘으로 널빤지를 잡고 버틴다. 지금 롤러코스터를 타는 심정이다.

인간의 운명은 집요하다. 초자연은 선원들을 실험하고 있다. 산 자와 죽은 자, 폭풍우 그리고 인간의 눈은 굳은 의지와 굳은 심지를 지탱하여 상황을 통찰하고 극복한다. 살아남는 자는 자연의 위대함에 함께 동행하는 자가 된다.

12시간을 버틴 후 바람은 점점 약해져 갔다. 이제 황제고래를 추격해야 한다. 선장은 통찰한다.

분명히 연안으로 피신했다고 판단한다. 왜냐면 폭풍우도 피하고 숨기도 좋은 장소이다.

그곳은 수시로 안개 밭이 된다. 산 자와 죽은 자 모두 몸을 추스르고 지난 시간을 복기한다.

인생은 외길이다. 선장은 자신의 어린 시절을 회상한다.

그 소년은 붉은 기운이 서려 있는 언덕으로 달려간다. 수평선 넘어 숨어 있던 해는 솟아오른다. 눈을 감고 동해를 품에 안는다. 언덕에서 바라본 동해의 햇살에 소년은 초등학교 때 했던 씨름이 떠올랐다.

그리고 복싱 스텝을 밟으며 바다로 돌진해 갔다. 수평선 자막에 인생의 투쟁이 이제 낡은 수첩같이 헐벗은 모습으로 끊어진 연이 되어 수평선으로 날아간다. 인생은 자신이 책임을 져야 한다.

초등학교 때 보았던 영화들은 세상보다 신기했다. 매직은 상상 이상이었고 사회와 인생 내면의 호기심으로 먼 곳으로 여행을 생각했다.

소년은 바다로 향한 양탄자 같은 모래를 밟으며 동해 바다로 향한 자신을 발견한다. 쿠릴열도 쿠시로로 향한 황제고래는 연안 깊숙이 들어갔다.

5

물사자를 만나야 한다. 그들의 서식지는 연안 가까이
에 있다. 초음파로 그들의 위치를 파악했다.

물사자의 배설물은 상처 입은 곳에 특효약이다. 찢어
진 가슴을 배설물로 치료한다. 그들은 하루라도 머물러
주기를 바랐지만 그럴 수는 없었다. 아직 위험지역을 벗
어나지 못했다.

탱고가 포옹를 한 채 상처 부위에 바짝 붙었다. 연안
은 수온이 따뜻했다.

다시 한 번 러시아 연안 깊숙이 들어갔다. 새로운 치료
약이 있다. 물사자들이 기다리고 있었다. 배설물과 썩은
미역, 다시마, 톳, 마른 배설물로 가슴에 구멍을 막는다.
3주는 안정을 취해야 하지만 그럴 수는 없다.

포경선은 폭풍을 뚫고 힘차게 둔탁한 소리를 내며 바

다를 수색한다. 황제고래는 아내와 디오를 알래스카로 떠나게 한다. 고래는 물사자들의 비밀 아지트에서 3주를 보내기를 했다. 거기는 만년설이 뒤덮인 유빙 아래다. 포경선이 들어올 수 없다.

여기서 생을 마감하기에는 디오는 아직 너무 어린 나이다. 바다의 위험을 감당하기에는 아직 경험과 이론이 무장되어 있지 않다.

끈질긴 포경선은 연안으로 수색을 시작한다. 3일간의 수색에도 발견하지 못했다.

갑자기 안개가 덮어온다. 선장은 담배를 꺼내 입에 문다. 선수를 일본 남단으로 항로를 잡는다. 쿠시로에서 일본 남단으로 항해해 간다.

돌고래들은 보이지 않았다. 보름달이 뜨기 시작했다. 포경선에 있어서 보름달이 뜬다는 것은 황제고래를 포획하기에는 더할 나위 없이 적기이다.

달의 인력이 약해지면 유속의 흐림이 약해진다. 이때 어장이 형성되며 황제고래를 발견할 확률이 높다.

매우 소중한 시간을 놓쳤다. 큰 고래가 눈에 아른거린다. 실패를 잊고 다시 도전하면 된다.

아직도 아픈 다리를 끌며 브릿지로 오른다. 눈을 지그시 감는다. 생사는 하늘이 결정하고 바다의 신 넵튠의 허락이 떨어져야 한다. 아직도 신은 그에게 길을 열어 주지 않는구나.

별을 본다. 오리온 삼태성은 사각형으로 별 중에 별이다. 북극성을 확인했다. 아주 청명한 밤이었다. 순식간에 옛 시절이 생각났다.

배에서 가장 어린 청년을 선원들은 꼬마라고 부른다. 조타기를 잡고 있던 꼬마는 사랑에 관한 질문을 한다. 선장은 깊은 사색 끝에 대답을 한다.

"그리움이나 보고픔마저 믿음에 숨어 있어요. 사랑은 언제나 어제 같은 오늘입니다."

영원한 사랑은 최선을 다할 때 얻어지는 너의 믿음이다. 영원한 사랑은 바보 같은 사랑을 알게 한다. 서로가 그리워해도 다가서지 않으면 사랑은 이루어질 수 없지. 사랑을 사랑으로 굳게 받아들일 때야. 너의 시간은 길지가 않아. 신은 모두에게 같은 시간을 주지. 사랑의 시간은 짧아. 시간은 기다려 줄 수 없지.

사랑을 고백해. 가질 수 있는 사랑은 꼬마가 최선을 다할 때 얻어지는 꿈이야. 너는 사랑 때문에 울고 있니? 눈물은 너의 사월이다. 벚꽃처럼 사랑을 두려워하지 마. 다가가는 사랑을 해.

진정한 사랑은 숨은 바람마저 느낄 수 있지. 사랑 때문에 도망가지 마. 앞으로 한 발자국 다가가. 진정한 사랑을 한다면 사랑을 이룰 수 있어.

나의 청춘 같은 꼬마야, 너는 생명을 보았니? 죽음을 보았니? 우리는 생사를 걸고 매일 전쟁을 하지. 가슴은 타 들어가고 아무 일 없었던 것처럼 자연의 룰에 역행도 했지. 진리와 정의의 틈새에서 불평도 하며 천연덕스럽게 자연이 주는 초대장을 받기도 했어.

초청장 없이도 벌과 나비는 자연에 순응해. 그는 선과 악 앞에서 주저했지만 결국은 선한 길을 걸어갔어. 지나간 추억은 너에게 무엇이었니?

우리는 선택이 없어. 가버린 시간, 주어진 추억을 가만히 들어봐. 들리니? 시냇물 소리, 바람이 부는 소리, 폭포 소리, 새 소리, 별이 타는 소리, 달의 음악, 자연의 감정들, 가버린 발자국마다 꽃이 되고, 눈비와 바람 속에 핀 꽃바람은 변해가는 시간 안에 있었어.

미남이든 추남이든, 운이 좋았든 안 좋았든, 인종과 신분을 초월하여 우리는 우주의 시간 안에 함께해.

삶을 평가하지 마. 그에 대한 평가는 마지막 순간에 완벽히 드러나지. 인생은 새옹지마. 우리의 계절은 언제나 아름다워. 지금 꼬마가 걷고 있는 그 길은 꽃길이며 황토길이야.

꼬마가 우여곡절 끝에 망설였던 그 길이 무지개보다, 별보다 더 영롱한 황금의 계절임을 잊지 마. 우리의 의미와 당신의 의미들은 우리들의 생명나무에서 당신이 바라보는 관점에서 보이는 열매가 다를 뿐.

주님은 폭풍의 바다에서 오셨지. 탕자처럼 떠났던 그를 되돌아본다. 고통 속에서 방황할 때 주님은 치

유의 광선을 보내주었고 우리를 인도하는 등대의 등
불이 되었어.

　불가능한 산을 넘을 때 손을 잡아주었고 폭풍의
바다를 건널 때 우리들을 지켜주었지. 실패 속에서도
용기를 주었고 주님은 지금이나 미래나 우리와 동행
해 주시기 때문이야. 마지막 순간에 주님으로 인해
희나리가 되어 고래와의 승부를 뜨거운 열정으로 맞
이하자.

　포경선의 포수는 고래를 발견한 사람과 함께 뒤꼬리날
개를 먹을 자격이 있다.

　우리가 마지막 포경선이다. 마지막이라는 말을 좋아한
다. 인생은 짧게, 크게, 넓게, 굵게 인생을 산다.

　길고 가늘게 산다는 것은 아무런 의미가 없다. 죽음을
초월하는 자는 인생에 이름을 두고 간다.

　이제는 최후의 포경선으로 남아 은퇴할 나이다. 큰고
래를 잡고 싶었다. 오리온이 오늘 밤 살짝 대화를 메시지
를 보내준다. 이대로 빈손으로 돌아갈 수 없다.

내일은 내일이 오기 전에 지금이라는 현실을 소중하게 다룬다. 지금은 오늘이며 내일이다. 현재의 소중함을 잊지 말기를….

마음은 시리다. 큰 밥그릇에 커피를 가득 담아 마신다. 바다의 색깔도 오늘은 진한 커피색이다. 담배를 꺼낸다.

모든 의미는 사실 해풍이 다 가져가 버린다는 의미다. 여성인 바다는 고향 같아, 고요한 날은 열 번에 네 번이다. 사오일은 바다의 환경이 매우 좋다.

아직도 바다는 맘 편하게 밥을 먹을 수가 없다. 이리저리 흔들리며 야식을 비웠다. 둔탁한 엔진 소리가 파도를 밀어내는 게 힘겨워 보이지 않는다.

선수는 물결과 깊은 입맞춤을 한 채 로링을 계속한다. 망루에 있는 늙은 어부는 먼 곳을 응시한다.

말이 먼 곳이지, 젊을 때와 시야가 차이가 없다. 선장과 오랜 시간 함께했다. 가까운 거리인 근해와 먼 바다인 원양을 함께한 지가 벌써 10년이 되었다. 바다는 여성의 집이며 선원들의 집이다.

포경선은 부두를 떠날 때 그냥 떠나지 않는다. 뱃고동 소리를 4번 지른다. 4번의 숫자는 360도로 어느 곳이든지 갈 수 있다.

포경선에는 매와 함께한다. 매의 담당자는 늙은 어부이다.

새는 바다의 무수한 정보를 물고 온다. 어탐기보다 더 활용가치가 크다. 매가 돌아오는 방향, 매의 숨결, 체력, 먹이를 보고 어장을 이동한다.

늙은 어부는 매에게 사인을 보낸다. 지친 매는 광풍을 거슬러 높이높이 비상한다. 미래를 예측하며 수행 역할은 완벽하다.

미래가 예측되면 위험을 감소하지만 인생은 무미건조해진다. 광야에서 매는 명예와 가진 모든 것들을 버리고 종의 삶을 택한다.

한 줄기 기운이 매의 옷을 벗는다. 매는 다시 꿈에서 일어나 성령의 바람을 타고 창공으로 비상한다.

일주일이 지났다. 운만 맞았다면 고래를 3일만에 포획했겠지. 선장은 벌써 잃어버린 고래를 잊었다. 새로운 길을 만들어 간다.

북해도 협수로에는 수많은 선박들이 항해한다. 레이다를
10시간이나 보고 또 보았다. 어느 곳이나 위험한 지역은 한
시라도 레이다에서 눈에 불을 켜야 한다.

6

3일만에 대화퇴에 도착했다. 조업할 시간은 4일밖에
안 남았다. 수면은 보라색 물결이 뱃전을 스치며 지나
갔다.

멸치 떼의 야광도 보인다. 예감이 좋다. 대화퇴를 지그
재그로 일단 훑어본다.

내일은 항구로 돌아가야 한다. 연료가 없다. 선원들의
낯빛은 굳어 있다.

선장은 미소 띤 얼굴로 부드러운 몸을 원한다. 아직 시
간은 있다. 12시간은 가능성이 있다.

선장은 매를 부른다. 매의 입에는 오징어와 멸치가 아
직 남아 있다. 선수를 매가 돌아온 서쪽으로 항해한다.

늙은 선원은 망루 맨 꼭대기에서 물체를 발견한다. 김
이 올라오는 고래였다. 물줄기는 아지랑이 되어 핀다. 꽃

이 피어나듯 그의 눈은 의심한다. 전신이 떨려온다. 이 순간에 운명처럼 만난 너!

손가락이 부서지도록 벨을 누른다. 전투태세를 3분만에 완성하고 자기 자리에서 대기한다.

거리는 2킬로미터. 아직 멀다. 엔진을 최고 속도로 올린다. 바람도 서쪽으로 샛바람이 불어준다.

배의 평균 속도가 한 시간에 12마일 바람을 타고 15마일로 속도가 붙었다. 1시간에 1킬로미터까지 따라붙었다.

1시간이 흘러갔다. 고래는 40미터, 날씨는 아주 좋은 상태이다. 아직 더 접근한다.

선장은 담배를 지긋이 문다. 20미터. 포신은 항상 열려 있다. 고래 대포의 끝부분은 뭉텅하다.

끝이 창처럼 날카롭다면 고래를 맞고 멀리 튕겨져 나간다.

뭉툭한 포신이 고래에 박히면 날개를 펼쳐 아무도 뺄 수 없는 상태가 된다. 선장은 고래를 보니 밍크고래였다.

밍크고래는 수염이 이빨 역할을 한다. 멸치를 한꺼번

에 입에 넣어 채처럼 걸러 먹는다.

마지막으로 온 힘을 쥐어짠 엔진은 최고 속도를 낸다. 이제 우사인 볼트보다 빠르다.

포경선 선수의 포신은 기다리고 있다. 거리와 포경선과 고래의 삼박자가 중요하다. 고래와 호흡을 함께할 때 그 순간이 포를 발사할 때이다.

포수와 고래와 삼위일체가 되었다. 포수가 손가락을 당겼다.

포물선을 그리며 밍크고래의 가슴 부위에 깊숙이 포가 박혀 들어갔다. 포경선은 모든 동력을 멈춘다.

밍크고래는 붉은 피를 흘리며 여기저기 헤맨다. 고래의 힘이 다해간다. 모든 붉은 피를 쏟아내고 뱃전으로 다가온다.

윈치로 꼬리 부분에 와이어로 묶고 끌어올린다. 선박의 옆구리에 묶는다.

부레에 공기를 집어넣는다. 풍선처럼 고래는 바다에 뜬다. 바람을 넣지 않으면 무게 때문에 가라앉는다.

냄새가 배에 진동한다. 선원들은 경건한 자세로 겸손

화을 고래에게 보여준다. 고래는 선원들과 같은 운명공
동체이며 가족이다.

17일만에 구룡포로 입항코스를 잡고 출발한다. 4번의
뱃고동은 신이 주신 선물에 감사하며 무사히 입항을 기
원한다는 의미다.

구사일생으로 살아남은 황제고래는 머나먼 곳으로 항
해한다. 오츠크해를 벗어나 알래스카 초입에 도착했다.
아내인 탱고가 마중을 나왔다.

무슨 일이든지 두려움이 없을 때 승리의 기운이 팀으
로 돌아온다. 감독의 전술, 선수들의 공간능력, 빠른 움
직임은 선수들의 몫이다.

축구에서도 약자가 승리할 수 있다. 축구에서 승패를
결정하는 것은 평점심을 유지하는 것이다.

황제의 무사귀환에 고래들은 학익진을 연출했고 황제
와의 만남에 카드섹션으로 세계여행의 꿈은 이루어질 수
있다고 환호성을 지른다.

상처는 아직 쓰라렸다. 물사자와 물개들은 상처난 가

슴을 하루 한 번씩 치료했다. 2개월이 지나 몸 상태가 나아졌다.

황제고래는 자신의 존재가 있고, 없음에 깊은 철학적 사고를 한다. 교육으로 인간으로부터 우리들의 집단을 지켜야 하겠다고 마음을 굳게 먹는다. 행동하지 않으면 실천은 얻을 수 없다고 사고한다.

상처가 회복되자 디오는 황제 교육을 받기 시작한다. 쉬는 시간은 친구들과 만년설이 떨어지는 유빙 가까이 가본다.

유빙의 떨어지는 소리는 오케스트라를 지휘하는 지휘자가 된다. 만약에 지휘자인 선박에 선장이 없다면 연주 중에 지휘자가 사라지는 것과 같다.

바다는 숨어있는 늪이다. 말없이 항해길을 선박에 내어준다. 선박에 중대한 일이 발생한다면 어떤 상황에서도 최후까지 깊은 통찰로 선박을 진두지휘해야 한다.

침묵의 대양이 선박을 접수할 때가 있다. 인간에게 침묵을 원할 때가 있다. 생사의 갈림길이기 때문이다. 마지막 순간까지 선장은 자신의 지휘와 위치에서 최선의 지혜를 구해야 하며 선장의 최후는 배와 마지막까지 동행할 때이다.

디오는 군주가 하여야 할 것 그리고 하면 안 되는 것에 관해서 교육을 받는다. 한 명을 구하기 위해 목숨을 걸지 말아야 한다.

인간의 이성은 수많은 어종과 고래를 결코 사랑하는 사이가 아니다. 그렇기 때문에 한 마리의 고래를 구하기 위해 다른 두 마리의 고래를 희생할 수는 없다.

군주의 행동은 냉정해야 한다. 군주는 만들어지는 것이 아니라 태어나는 것이 하늘의 이치이다.

디오의 친구들은 벌써 40명이다. 이들도 교육을 받는다. 황제는 수업시간에 이렇게 말했다.

"모르면 질문하라. 알고 있는 것 또한 질문하라. 타인의 말을 경청하라. 포경선을 만났을 때 그곳을 탈출해야 된다. 그렇지 않다면 모두가 죽는 길이다. 만약에 내가 포를 맞았을 때 헤어날 길이 없다면 이별의 키스를 하고 그곳을 이탈하라. 디오 너의 위치를 비워둘 수 없기 때문이다. 슬픔이 몰아치면 슬픔의 눈물을 흘리면 슬픔이 사라짐을 명심하라."

황제고래는 멘토링 프로그램이 절실했다. 멘토링은 성인과 청년들에게 믿음과 신뢰를 기반으로 삶의 방향성을 지지하고 꿈을 심어주며 지속적으로 후원자, 상담자의 역할을 제공한다. 황제고래는 이렇게 설명한다.

목표는 청소년들에게 도전 정신을 심어주며 의지를 높여 환경을 극복하고 건강한 청소년으로 성장하게 하며 이타심으로 공동체의 삶의 질을 높인다.

구체적 목표는 멘토는 삶의 지혜를 심어주고 역할 모델로 청소년의 문제를 이해하며 정신적 공감대 형성과 자존감을 회복하게 한다.

지역사회에 희망을 제공한다. 멘토는 멘티들이 자신의 분신으로 그들을 사랑하고 그들의 문제를 함께 고민하고 정신적 유대감을 향상하여 꿈을 이룰 수 있는 목적과 의미있는 꿈을 이룰 수 있는 방법을 제시한다.

혼자가 아닌 더불어 살아가는 민주 시민으로서의

사명을 심어주고 그들의 삶이 위대한 가치가 있다는
사실들을 일깨워준다.

프로그램의 문제점은 지금까지 너무나 소수 인원
들만 사업에 참여하고 있다는 것이다. 청소년 문제는
더 가까이 접근해야 되는 시대의 소명이다. 미래의 사
회 안전망을 만들어가는 반석이 된다.

삶의 목적과 방향성을 지지하고 사회에 헌신하고
국가와 세계인의 삶으로 변화한다. 한 인간의 구원함
은 사회와 국가의 희망이며 꿈이다. 꿈을 위해 미래
의 등대로써의 사명을 얻고 그들이 미래의 복지 사회
를 만든다.

모든 사업은 종결이 있다. 멘토링 사업은 지속적인
멘토 역할를 해야 한다. 멘티는 멘토를 받는 입장으
로 평생의 동반자 역할로 언젠가는 멘토를 뛰어넘는
자가 되고 미래의 삶 속에서 인간 존엄성의 가치를
향상하여 이타심으로 세계인의 꿈이 되고 지구촌의
리더로 성장해야 한다.

황제고래는 인간에 관하여 설명한다.

인간은 동물의 집단 중 지성을 갖고 환경을 극복하고 환경에 적응력을 소유한 집단 혹은 개인이다. 그들의 사상은 무엇에 의해 계승되고 발전하는가.

도덕률은 인간에 의한 인간의 올바른 길을 제시하는 최고의 지성이며 절대가치다.

일반 동물들은 도덕률을 동굴에 봉한 채 그들의 욕구와 본능의 욕망을 위한 투쟁이다. 우리는 바다에 생존하는 어종이며 평화를 원한다.

우리들은 벌써 바다와 대양을 평화로 만들어 버렸다. 그것이 내가 만든 평화의 사명을 이루었다. 우리 어종들은 제각기 욕심을 내지 않고 기득권마저 버렸다. 이제 바다는 평화의 상징이 되었다.

그러나 인간은 이기심과 욕망으로 지구를 나쁜 방향으로 지향한다.

인간은 새로움 호기심 어떠한 실체를 포함하여 환경에 틀을 개선하고자 한다. 그러므로 인간들의 선과 악은 도덕률에 의해 양 날개의 저울의 역할을 한다.

그리고 인간은 더 나은 본향을 찾아 나아가는 기준을 도덕에서 묻지 않을 수 없다.

언어는 서로의 방향을 제시하고 무리가 형성되고 집단화, 사회화되면 불완전한 질서를 유지하게 한다. 언어의 고도화는 조직을 만들고 나아가 신을 인간의 내세에 주입하게 한다.

초월적 공간을 신에게 부여받는다. 만물을 획득하고 유지 발전하며 먼 미래까지 만물을 다스리는 의무와 책임을 신의 이름으로 정당화한다.

이처럼 신의 부름을 응답하고 자연과 합해지는 심오한 내적 틀을 완성해 간다.

인간은 끝없는 관찰과 사고를 유지하며 신의 영역에 접목한다. 그것만이 창조자에게 손을 내밀 수 있는 인간의 물음이다.

창조자는 창조자의 모든 것을 인간을 위해 동일화했다. 완전한 진흙토기는 인간의 몫으로 남겨 주셨다. 이러한 미완성의 부분을 채워나갈 때 인간의 미래를 낙관할 수 있는 보류이다.

　인간의 자연 개방성은 가장 열등한 생명체로 태어나 바람 그리고 흙과 물을 받아들이고 결정적 시간에 의해 주위의 도움으로 새롭게 거듭 태어나 모방학습, 애착과정을 이어오면서 인간이 되어 간다.

　인간의 실체를 벗겨보면 주어진 환경에서 홀로 생존할 수 없는 구조와 정신으로 만들어져 있다. 누군가의 도움, 자연의 혜택, 보이지 않는 손에 의해 생명을 유지하며 어떤 시점에 도달하면 결정적 시간에 의해 생명을 유지했고 그러한 시점에 도달하면 결정된 시간에 의해 자신에 의해서 결정되는 결정권을 갖는다.

　생명의 결정권은 선과 악의 굴레에서 결코 벗어날 수 없다. 이러한 시기를 지난 인간은 무의식에 숨어있는 자아와 선과 악을 결정짓는 뇌의 구조에 양심의 소리가 심장을 차지한다.

　인간의 본성은 갈등하며 원죄에서 벗어날 수 없는 존재자가 된다.

　인간의 본성은 갈등하며 이기심 그리고 기득권을

유지하기 위한 자만감 원죄에서 벗어날 수 없는 존재가 된다. 인간의 이러한 속성은 행동하게 하며 어떤 사실들을 추구하며 주목한다.

대부분 선으로 기울고 선을 위해 도전하고 자신의 이익에 도움이 되지 않을 시에는 악에 손을 내민다.

악이 인간에 속한 환경을 거침없이 타파하는 지름길이 된다. 그러므로 보편성은 인간의 사상을 발전하게 한다. 교육을 통한 인류 보편성의 물음에 관한 질문은 인간이 지향하는 선을 지시하는 방향타의 역할을 한다. 그러므로 인간의 평화를 위해 선의 보편성에 관한 진리를 얻기 위해 서로 투쟁할 수밖에 없다.

디오는 질문한다.

"인간은 평화를 위해 평화의 틀을 만들 수 없습니까?"

인간의 원죄는 계속 이어져 오고 인간의 유전자에 깊숙이 숨어있다. 그러므로 평화를 이끌어가기에는 인간의 이기심, 보상 심리 등으로 인해 먼 시간이 필

요해 토기쟁이의 성품마저 닮기 위해 인간은 신의 영역까지 도달하여야만 한다. 그러므로 인간의 내면을 들여다볼 수 있는 지혜를 얻는다.

사회집단을 지탱하는 질서와 자유법은 도덕률에 의해 유지될 때 평화가 그 사회를 지켜준다.

인간의 실체는 개인이 책임져야 할 독특한 맥락이다. 동물들은 스스로 평화를 지키며 인간은 그것을 탈피하여 신의 영역까지 열려 있다. 동물들은 그 세계로 밀려 나와 평화를 누리기가 매우 어렵다. 그러므로 인간은 신의 영역까지 열려 있다. 언젠가는 평화가 신에 의해 완성될 수 있다.

개인은 인격체로써 생물학적 육체에서 떼어 올 수 없다. 인간의 도덕률은 자기중심에서 벗어나는 혹은 어떤 현실에서 자기중심에서 내려놓을 때 도덕은 상승한다. 도덕이 지배하는 세상은 평화의 역으로 플렛폼으로 모여 도덕은 상승한다.

인간의 영혼은 동물의 세계를 자신의 질서 안으로 끌어들이고 그들을 관조함으로써 평화와 도덕률이 침묵하는 곳, 상식을 벗어난 곳, 영적 고결한 영혼, 초자연성 우주의 생성을 바라보고 신의 영역인 천국의 나라와 창조자를 믿는 삶과 죽음을 초월한 통찰력으로 조건 없는 사랑을 위해 모든 것을 포기할 수 있는 존재자이다. 그들만이 얻을 수 있는 고유한 영역이다.

인간의 정신은 부정적 힘이 강할 때 힘을 과시하고 싶어 한다. 대상을 자기화하고 도덕률과 평화는 축소한다. 내부와 외부의 확인을 받기 원한다. 노동을 통해 타인에게 진정한 보상받기를 원한다.

노동은 보상과 생존을 보장받는다. 정신은 자아의 실체다. 양심과 도덕률은 인간의 질서에 포함되어 조건이 없는 무조건이며 이것은 인간 정신의 독창성이다.

도덕률에 관해서 우리들이 노동으로 생산했던 자기 실체에서 완벽히 벗어날 때, 자기의 소유가 아닐 때 자기 중심선이 개방된 자는 구분하여 선택한다. 그렇지 않고 개인의 소유로 선택할 때 도덕은 해체

된다. 이중인격을 갖게 된다.

평화는 선과 악을 구분하며 현실에 유용하게 선택하는 자이다. 평화와 도덕은 경험하지 않아도 정신세계에서 언어의 통제 아래 얻을 수 있는 무의식의 정신적 보편화이다. 성인들의 행동을 모방하고 학습화되어 내면의 심층부에서 원초적 본능이 자신을 지배할 때 도덕률과 평화는 상실된다.

심층 깊은 억압 때문에 본능이 자아와 현실의 타협을 무시하고 욕망과 욕구에 지배당할 때 평화와 도덕윤리의 인간의 실체는 쾌락의 원리에 지배당한다. 인간의 정신과 자아는 인격적 실체가 아닌 낮은 단계의 유기체로 행동하며 짐승이 된다.

무의식 안에 억압은 프로이드의 정신역동이론에서 인간은 쾌락에 의해 자아는 해제되고 원초적 욕망이 인간을 조정한다.

황제고래는 인간에 관해 이러한 증명을 정의했다.
교육생들의 눈빛은 강하고 부드럽게 변해가고 있었다.

절대적 진리라도 각기 합의하지 못할 때 진리를 인정하지 못한다. 언어학에서는 사물을 표현하는 도구로 생각하며 언어는 단순히 수동적 표현이 아닌 사고의 기관이다. 영원한 진리는 없다. 패러다임은 이론의 성립을 무한정이 아닌 그 경우에만 성립된다. 보편 타당성도 논박하기까지는 진리다. 우리는 지구인에게 평화를 요청한다.

7

선장의 어린 시절 여름은 행복했다. 친구들 대부분이 검은색 팬티와 고무신을 신고 바다로 달려갔다.

흐르지 않는 시간의 자태 속에서 기억의 저편에 있는 빛을 찾았다. 동해의 푸른 물결 속에서 벌거숭이 몸을 태평양에 띄웠다.

바다는 연인이었다. 바다는 태양을 받아들여 부채꼴 모양의 한지 창을 만들며 눈부시도록 하얀 햇살을 뿜어내고 안개처럼 얇은 기포를 만든다.

심장박동 소리는 해의 굴절로 무지개 소리에 동화되어 한 마리 물고기가 되어 끝없이 헤엄치고 있었다.

포경선에 승선하기 전에 그는 동산호에 승선하여 3년 간 알래스카에서 어종들, 특히 명태와 가자미를 잡았다.

알래스카에서 만났던 고래의 눈 속에서 아름다운 미

소를 보았고, 고래와 한몸이 되어 푸른 물결 속에서 상어와 거북이와 참치와 청새치와 함께 새로운 세계를 발견했다.

되돌아간 시간과의 전투에 쫓기어 두 발은 개구리 자세로 바닥을 박차면 심장은 곧 터질 것 같은 조임에 몸서리쳤다.

그 고래가 부러웠다. 수면을 향해 솟구치는 바닷속 영상은 흡사 부챗살의 갈라짐과 아침 햇빛이 한옥의 문설주에 녹아 들어오는 형상이었다.

친구들의 모습은 흡사 미사일처럼 매끈한 형태를 유지했다. 미사일 속도로 해저에서 탈출하여 수면으로 올라와 숨을 쉬어야 했다.

살아있음에 감사했다. 동해 바다를 지키듯 하얀색 등대의 모습은 그의 앞날을 지켜보고 있었다.

초등학교 때 야구부에서 야구를 배웠고, 기계체조도 잘해서 선수 생활도 했다. 씨름은 그의 적수가 없었다. 이런 그에게 시비를 거는 친구들은 없었다. 신사답게 싸움도 했고 승자나 패자나 서로 다시 문제를 일으키지 않았다. 초등학교 6년 개근상은 그가 원하고 지키고 싶었던 자존심이었다.

중학교는 소중하고 아름다운 시절이었다. 진로에 대한 고민도 없었다. 운명은 바다로 향하고 있었다. 스포츠와 항해는 바람이었고, 인생이며, 행복이었다.

수산고등학교에 중학교가 있었다. 그 시기 군기가 엄했다. 선배의 말은 주님의 법처럼 여겼다. 선배는 주님과 동기동창. 주먹은 항상 가까이 있었다. 아름다운 시절이었다.

왠지 충무라는 이름이 낯설지 않았다. 중학교 때 그가 알고 있었던 교수님이 그곳에 부임해 계셨다. 그분을 만나보고 싶었다.

통영의 생활은 행복했다. 그의 사랑은 아직 중학생이었다. 그의 베아트리체를 만났다. 사랑스러운 영원한 연인이었다.

우리 둘은 어릴 때 만났고 그는 결혼을 생각했다. 심장은 언제나 사랑의 아픔으로 가득했다. 그녀와 처음 만난 그날 이후로 통영에 다시 가는 그날까지 사랑한다고 고백하지 못했다. 자수를 뜨는 여인처럼 한 땀, 한 땀 가슴이 쓰려렸다.

첫인상은 좋았다. 중심가에 시계탑이 있었다. 시간은 어떻게 사용하는가에 따라 가치는 다르다.

음식 문화는 독특하고 특이한 면도 있었다. 충무김밥은 다른 문화를 보여 주었다. 김밥과 무. 단순하면서 정감이 있어 좋았다.

한산도에서 맛있게 먹었다. 음식은 그 지방의 오랜 역사의 산물이다. 대학교 1학년 때 아버지께서 충무에 오셨는데 지금도 그 맛 그 식당이 정답다.

항해 중에 꼬마 선원이 말한다.

"선장님, 사랑 이야기해 주세요."

궁금한 게 많은 모양이다.

"그래, 그럼. 자전적 시야, 들어 봐."

가로수가 옷을 벗으면 도시는 회색으로 변해가고
찬 서리 몰고 온 낙엽에 공원 벤치 위 철새는 꿈을 찾아가네. 시들어가는 바람마저 향기 잃은 꽃마저 사랑을 속삭이는데 여인이여, 떠나지 말아요. 함께했던 추억은 꽃으로 피었고 낡은 책갈피 속 고엽은 사랑을 노래하는데 붉은 눈 내리면 다시는 만날 수 없음을 알아요. 여인이여, 떠나지 말아요. 오늘 밤이 가기 전에 작별을 말하지 마오. 피아노 음률에 낙엽은 악보가 되고 달빛은 사랑에 세레나데를 노래하리오. 이 밤 첫눈 내려 바이올린 줄이 끊어져 선율이 끊어질 때에 작별을 말하오.

"어때, 꼬마님? 이해가 가니?"
"슬픕니다."
"살다 보면 알 수 있다."
아직도 새벽은 멀었다.
꼬마는 이번엔 문화에 대한 질문을 했다.

시민들이 추구해야 하는 문화는 저급 공간이 아닌 이성과 영혼이 결합한 자기 실현의 마당이 되어

야 한다.

대중들의 사랑과 패션으로 먹고 사는 예술인은 어떠한 상황이라도 냉정해야 한다. 이성의 마비는 원초적 본능으로 인해 무의식에 잠재된 감정을 표출하기 때문이다.

대중의 집단심리는 유사한 환경이나 상황에 처할 때 퇴폐적 경향을 나타내며 그러한 위험에 노출된다.

예술인의 자재력과 품격은 쇼의 방향을 높이며 문화를 한 단계 발전시킨다. 시민들은 그들이 추종하는 예술인을 저급한 방향으로 이끌어 가기를 또한 바란다. 인간의 내면이 그렇게 자리 잡고 있다.

놀이 마당을 제공한 주체 측에 신뢰를 심어주는 문화인은 어느 곳에서도 그를 위한 마당을 준비해 줄 수 있다. 믿음이 미약하다면 마당을 개방할 필요성은 없다.

놀이와 재미의 극대화는 쇼를 제공한 당사자가 놀이를 통해 카타르시스를 시민들에게 보여주고 창조된 삶의 메시지를 그들에게 올바르게 심어주어야 한다. 영혼이 있는 무대는 지속성과 연속성을 지닌다. 그렇지 않다면 일시적 놀이로 전락한다.

백의 민족은 창조적 마당을 통해 역사를 한 단계씩 전진해 왔다. 민족은 생존을 위해 전쟁을 하지 않았다. 타민족의 침략에 의한 방어적 전쟁을 했다. 애시당초 남의 땅을 노략질 삼지 않았다. 그만큼 문화의 바른길을 걸어왔다. 살아남기 위한 전쟁이었다.

그러므로 문화의 울림은 소중하다. 문화를 지속함으로써 평화가 지속되는 21세기를 만들어가야 한다. 문화 선진국은 평화의 상징으로 국가 간의 무력충돌을 억제하여 평화가 세계를 지배하는 세상을 만든다. 창조적 놀이 문화는 극단적인 선택을 하지 않는다.

문화의 위대성은 한 국가의 운명인 동시에 세계인의 운명과 함께한다. 그들이 우리 문화의 관객으로 더불어 함께 동참하고 즐김으로써 서로의 문화를 통해 이질적 감정을 해소하고 동시대인의 의미 있는 평화의 길을 만든다.

서로의 품격은 세계인이 되고 전쟁이 없는 21세기

를 만든다.

　문화의 역사 위에 개인은 문화의 집을 짓는다. 개인들의 실천적 사고는 공간과 지역을 소통하고 공간의 조건적 구조는 인간의식의 구조적 이성과 함께한다.

　문화는 모든 이에게 주어졌지만 같은 생각을 하지 않는다. 다양성이 존재한다. 문화의 세계를 리더하는 주체자에 의해 저급한 문화도 성숙한 문화로 만들고, 그 반대일 수 있다.

　개인의 주관이 너무 강할 때 도덕률은 그 현상에 따라 상실된다. 그러므로 개인의 자유는 모든 이들이 인정하는 자유여야 한다.

　야만인의 기본은 자기방어를 위해 다른 민족의 삶에 직접적으로 간섭한다. 국가의 대의를 내세워 그 대의라는 것이 시민들의 배고픔을 채워주기 위함이다.

　국가는 최소한 야만인에 의한 야만인의 시대를 만들지 않을 때 제대로 된 국가의 정체성을 얻는다. 정의는 나의 소중함을 타인의 소중함과 동일시할 때이다.

세계 역사의 오점은 인간존엄성을 사회관습 아래에 설정했기 때문이다. 세상은 인간에 의한 인간의 세상이 아니다. 우주의 은혜이다.

자연은 인간을 생존하게 했고 자연의 순리에 역행은 바른 문화의 발달을 막았다. 인간의 도리를 망각했기 때문이다.

타인의 아픔과 슬픔 그리고 비극들이 내 것이라 고백할 수 있는 민족은 정의가 꽃피는 문화를 만들어간다.

충무의 음식은 잊을 수가 없다. 아버지와 만남이 있었기에 충무는 더욱더 그리움의 도시다. 부둣가의 비릿한 냄새는 고향 향기와 다르지 않았다. 청춘의 가슴은 언제나 뜨겁다. 뱃고동 소리를 들으며 비 내리는 선술집에서 고독에 술잔을 기울였고, 선술집과 부두와 바다는 숙명적인 만남이었다. 충무의 야경은 아주 멋있고 세련되었는데 그중에서 나폴리 다리에서 바라본 야경은 은은한 아름다움이었다.

한산도는 달빛이 밝고 충무공 이순신 장군의 숨결이 묻어나는 살아있는 역사의 장소였다.

수산대학교를 졸업하고 바다로 떠났다. 20살의 청춘의 닻을 감아올리고 이상과 의지의 돛을 활짝 폈다. 신은 알래스카를 가장 멋스럽게 만든 거 같다.

첫 번째 조업에서 신의 목소리가 들려왔다. 선박의 크기가 선원들을 안전하게 지켜줄 수 없다.

심해일수록 선박은 안전하다. 복원력이 강해진다. 철학이 없는 민족은 침몰당한다는 교훈을 깨달았고 선교의 중심에 서 있는 인간은 선박의 위험을 가장 빨리 감지한다.

보이는 것보다 보이지 않음에 대한 무서움을 알게 된다. 태풍 속에서도 이러한 감정의 느낌을 느껴보지 못했다.

태풍의 울부짖음, 선수에 부딪치는 거대한 파도의 입맞춤, 삼킬 듯 보이는 파도의 움직임.

거대한 산맥을 넘지 못하면 5분 안에 우리는 절명한다. 상대가 강할 때는 부드러움이 선박을 지킨다. 엔진의 밸런스를 맞추고 폭풍우의 속도와 같이 한다.

12시간을 꼬박 전진하였지만 12마일밖에 가지 못하였다. 미식축구보다 거리의 속도가 늦다. 신의 가호는 선박의 안전을 지켜주었다.

그가 포경선의 선장이 되기까지는 14년이 걸렸고 그 시간 동안 그에게는 정말 많은 일이 있었다.

하지만 그중에서도 세네갈 다카항에 갈 줄은 꿈에도 몰랐다.

세네갈은 아프리카의 흑진주다. 다카항에서 꿈꾸었다. 프랑스 영화 '빠삐용' 마지막 촬영지 고래섬을 보았다. 가보지는 못했지만 영화 속 그 장면이 훤하다.

스티브 맥퀸은 포기할 줄 모르는 인생을 우리들에게 보여주었다. 젊었을 때 선원생활도 했으며 여러 가지 직업을 거쳐 오늘날 자신만의 영화를 구축했다. 인간의 회귀본능은 연어와 닮았다.

연어는 태어난 곳을 못 잊어 태어나 고향에서 죽는다. 마지막 역할은 2세를 생산하고 모든 것을 마무리하고 떠난다.

스티븐 맥퀸의 눈은 강인한 정신이 숨어있다. 그 눈빛은 도전 정신이며 푸른 바다색이었다. 그가 본 고래의 눈빛과 닮아 있었다.

아프리카풍의 빵모자와 안경을 낀 더스틴 호프만의 명연기는 고래의 춤사위와 닮아 있었다. 영화 '졸업'에서 주인공이 사랑하는 연인의 결혼식날 서로를 잊지 못하고 사랑의 도피를 하는 모습이 너무나 아름다웠다.

아프리카 대륙의 해안선은 곡선의 아름다움의 연속이었다. 세네갈 연안은 굴곡의 선으로 이어졌다. 북에서 남으로 내려오면 긴 산맥이 바나나처럼 미끈하다. 금색 모래가루를 뿌려 놓은 듯한 황사 사이로 해변은 보일 듯 말 듯하다.

우뚝 솟아 나와 있는 길쭉한 이탈리아 반도처럼 툭 튀어나온 곳을 지나면 다카항구가 나타난다. 그곳은 아프리카의 꿈을 만들고 꿈을 실은 향기로 그를 사로잡는다.

사자를 볼 수 있다는 현실과 이별이 있는 항구는 선원들의 안식처다. 그곳은 아프리카의 파리이고 흑진주이다.

아프리카의 꿈은 다카에서 시작되고 그곳에서 끝을 맺

는다. 그곳에서 바다의 꿈이 끝날 것이라고는 생각하지 않았다.

그는 프랑스 바에서 그날 밤 세레베사를 청했다. 혼자 먹기 아쉬워 늘씬하고 아름다운 미인과 세레베사를 마셨다. 그녀는 비틀거리는 나를 잡고 숙소까지 함께 왔다. 그녀는 새벽에 진한 커피를 마시라 한다.

그는 숙취로 머리가 아팠다. 커피를 마셨다. 그녀는 갈 시간이다.

"아디오스 아디오스!"

인사를 하고 떠나갔다 그 시간에 멀리서 사자 울음 소리가 들려왔다.

8

피비린내가 동해 바다를 붉게 물들인다. 한강이 피로 가득 잠긴 것처럼 밍크고래의 보혈에 냄새를 맡으며 상어 돌고래들이 고래 주위로 빙글빙글 돌고 있다. 고래는 마지막 발악으로 울부짖지만, 인간들의 잔인한 손에 걸려 자신의 운명은 끝이 났다.

포경선에서 와이어를 슬슬 당긴다. 고래는 숨은 미동도 하지 못한다. 로프를 윈치에서 감기 시작한다. 고래가 뱃전에 붙었다.

피 냄새에 미쳐 버린 상어는 선박을 공격한다. 마치 벌떼 작전이다. 잘못되면 어렵게 잡은 고래의 살집이 뜯어먹힐 것 같다. 갑판장은 긴 창을 상어를 향해 던진다. 악질 상어는 창에 깊숙이 박힌다.

작살에 맞은 상어는 뱃전 아래에서 발버둥을 친다. 제

법 긴 창을 갖고서 한 번 더 던져 박는다.

상어를 막내 선원과 함께 힘겹게 끌어올린다. 뱃전에 올라온 상어는 퍼드덕퍼드덕된다.

나무 해머로 상어의 정수리를 내리친다. 그렇지 않으면 이빨에 물리며 다리 한 짝이 날아간다. 이빨이 마치 제재소의 톱니보다 더 날카롭다.

한 마리도 그렇게 처리하고 막대기를 입에 넣어본다. 그래도 입을 다문다. 정수리를 한 대 더 내려친다.

상어나 돌고래들이 갑판에 있을 때 그들의 고통을 줄여주기 위해 정수리에 해머를 갖고 내려친다. 그것만이 그들에게 고통을 줄여주는 행위다.

갑판장은 고래 등을 타고 발전기를 돌려 바람을 만들어 고래부레에 재빨리 집어넣는다. 일 분, 일 초가 아까운 시간이다. 바람을 넣지 못하면 고래와 포경선은 침몰한다.

고래의 부레에 바람을 넣으면 풍선처럼 고래는 수면에 뜬다. 이제 항해해도 된다.

주위의 돌고래들을 흩어뜨리기 위해 미술시간에 그림

을 그렸던 색연필같이 생긴 폭약을 수면 아래에 던진다. 4~5초 후에 수면 아래에서 폭약 터지는 소리에 놀란 상어와 돌고래 떼들은 입맛을 다지며 서서히 멀어져 간다.

포경선의 항로는 구룡포 어판장이다. 새벽 4시에 포구의 등대를 우현 녹새등으로 스쳐 지나간다. 고래는 그물에 걸려 죽게 되었을 때 피가 몸 밖으로 나오지 않아 고래 고유의 맛을 느낄 수 없다. 하지만 밍크고래는 포수의 대포에 맞았기 때문에 몸속에는 피가 거의 남아 있지 않는다. 그렇기 때문에 밍크고래는 고래의 고유한 맛을 충분히 느낄 수 있다.

슬픈 고래여! 그러나 그것은 선원들의 삶이며, 생활이며, 직업이었다.

어판장에는 고래를 잡았다는 소문을 듣고 많은 경매사와 사람들이 모여들었다. 부두에 배를 포경선을 서서히 붙인다.

고래는 어판장 윈치로 꼬리에 와이어로 묶는다. 윈치는 어판장 끝부분에서 천천히 끌어올린다. 제법 윈치 소리가 난다. 빡빡하다. 무게와 길이가 생각보다 살이 올라

있는 최상급 고래다.

늙은 어부는 꼬리날개를 갖는다. 포수와 반반씩 가른다. 선원들은 3개월 기본 생활은 잊을 만한 값을 받았다.

수협 경매사는 경매를 시작했다.

"야 야 야!"

소리가 끝나갈 때 손가락으로 최고가를 낸 경매사가 낙찰을 받는다.

이제 본격적으로 고래 해체 작업이다. 수년간 고래를 해부한 인부의 칼은 대충 10개 정도다. 청룡도와 같은 칼 4자루, 중간 게 4자루, 작은 톱만 한 게 2자루로 포를 뜨듯이 해체한다.

보통 두 명이 한 조로 작업을 하는데, 양쪽에서 각을 뜬다. 가장 먼저 작업하는 곳이 내장 부위이다. 그곳을 먼저 하는 이유는 부패를 방지하기 위해서다.

24시간이 지나 해체하면 고기의 질이 떨어진다. 이번 고래는 8시간만이니 아주 고래의 상태가 좋다.

고래는 버리는 부위가 없다. 내장은 내장 대로 뼈는 뼈 대로 기름을 짜내기 위해 쓰인다.

어판장에는 여러 인파가 고래를 산다. 그만큼 맛이 좋으니까. 요즘 먹는 고래는 돌고래다.

그물에 잡힌 고래는 죽은 채로 몸 안에 피를 가지고 있기 때문에 고래의 고유한 맛이 없다. 고래를 낙찰받은 경매사는 얼음을 가지고 와서 고래의 신선도를 유지한다.

고래의 참맛을 아는 이는 오직 선원들 뿐이다. 고래는 죽은 지 4시간 이후부터 부패하기 시작한다. 그들은 고래부레에 공기를 집어넣고 뱃살을 끊어와 조림과 회를 쳐서 먹는다. 그 맛은 천당에 한번 갔다 온 기분이라고 한다.

고래의 최후는 비참하다. 모든 것을 주고 떠난다. 가슴에 멍어리가 진다.

살기 위해 선원들은 어쩔 수 없지만 2년 후가 되면 세계 모든 국가에서 고래잡이가 금지된다. 일본에서는 고래를 못 잊어 의학용으로 배정받은 만큼 고래를 잡는다.

그는 생각한다. 그것마저 금지해야 한다고. 고래들은 인간들과 평화를 절실히 바란다. 그것이 지구인들의 순리다.

순리를 역행하면 지구촌의 환경은 파괴된다. 고래가 있으므로 수산자원은 좋은 환경을 만들어 간다.

고래가 멸종되면 아름다운 그들의 눈동자를 지구인은 그림이나 사진 속에서만 볼 수 있다.

미래의 환경은 지금 지켜나갈 때 후손들은 평화의 바다를 볼 수 있다. 연구 목적이라고 하는데 인간도 그렇게는 연구하지 않는다.

일본의 의학적 연구는 미식가를 위한 미식가를 향한 고래의 수난일 뿐이다.

오늘 잡은 밍크고래는 살이 통통하게 올랐다. 그 이유는 바다에 풍부한 자원이 있다는 현상이다.

자연은 인간이 개발할수록 자연에서 멀어진다. 자연은 우리의 미래를 지켜주는 최후의 보류이다.

방파제에서 끓이는 고래 뼈는 기름이 되어 나온다. 기름을 빼고 한참 동안 놀다가 배가 고픈 우리들은 달려가 박상처럼 만들어진 고래 뼈를 먹는다. 간식으로는 일품이었다.

선장은 이제 고래잡이가 번거로워졌다. 조금만 견디면 고래잡이는 끝이다. 그때 다른 길로 걸어야지. 그러나 지금은 그 시간까지 선장으로써 선원들의 삶의 질을 높여 주어야 한다.

이 년 동안 열심히 해서 그들의 교육문제는 완전히 해결할 수 있도록 해주어야 한다.

　"전에 동산호에 승선했을 때, 항해 중 고래를 만났을 때 그들의 눈은 참으로 맑고 수정처럼 아름다웠어.
　등에 붙은 조개 해조류는 마치 갑옷을 입은 모습이었어.
　한동안 선박 스피드를 자랑할 때 너의 눈을 보았을 때 너는 웃고 있었지.
　그는 그랬어. 너의 눈 속으로 들어가 너의 정신과 영혼을 들여다보고 싶다고. 지금의 나는 고래들에게 못된 짓만 하는 것 같아. 용서해 줘. 나도 자식이 있으니 어쩔 수 없다.
　지금의 나를 용서하지는 마. 내 친구들은 고래의

신화를 영원히 잊지 않을게."

그의 어린 시절 꿈은 세계 복싱 챔피언이었다. 6살 때 글러브를 끼고 사각의 링 위에 올랐다.

상대는 한 살 위였다. 그 시절은 스포츠가 그의 모든 것이었다. 씨름을 좋아하고 축구선수가 되기 위해서 달빛을 받으며 연습했다. 5살 때는 목선을 타고 해안선을 따라 울진까지 항해했다.

선박의 엔진 수리가 끝나면 선박의 엔진을 테스트 하기 위해 가까운 연안으로 항해하였다.

그때 벌써 선수에서 팔을 벌려 새가 되어 날아가는 폼을 잡았다. 영화 '타이타닉' 속 연인의 모습처럼 연출했다.

바다는 그의 생명, 그의 연인, 그의 꿈이었다.

조선소에서 바다를 처음 만난 막 건조된 목선은 동력이 없어서 다른 목선에 이끌려 항구에 입항한다.

브릿지 사이로 선수와 선미 양 끝에는 만국기가 펄럭인다. 바람에 따라 아우성치는 깃발의 모습은 춤을 춘다. 우리들의 인생을 말해주는 것 같다. 각 개인의 인생의 색깔이 깃발을 통해 제각기 펄럭인다. 총천연색이며 가장 원색적인 색이다.

목선은 바다와 함께 생을 마감하기에 오늘 진수식을 갖는 목선은 가장 멋지게 화장을 한다.

바다는 여성이며 그녀에게 잘 보여야 한다. 목선은 애인을 만나듯 바다 위로 춤을 춘다. 그의 유연성에 의해 춤솜씨는 파도를 마음껏 조종한다.

목선의 방향을 결정짓는 브릿지의 조타기는 물레가 돌아가듯 움직인다. 선수는 형제 배에 이끌려 항구를 한 바퀴 돈다. 처녀 배에 승선한 무당들은 배의 운명을 가름하듯 굿판을 벌인다. 목선은 부두에 접안하고 부두의 길가까지 인파는 가득히 넘쳐난다. 사람들은 목선에서 던져주는 떡을 기다린다. 배에서 던지는 찹쌀떡은 우정과 사랑을 이어주는 어부들의 미덕이다. 그중에 어른 손바닥만 한 떡에는 지폐가 들어 있다.

떡은 세상으로 뿌려졌다. 어떤 떡은 지붕 위에, 바다에, 길바닥에, 자갈밭에, 옥토에 뿌려졌다. 그리고 멀리 가시나무에도 던져졌다.

부두의 인파는 목선의 안전을 축복해 주며 이제는 바다와 숙명이 왔음을 예감한다. 바다와 목선과 항구는 사랑이다. 육지의 떡은 여성의 사랑을 향한 구애다. 이제 궁합이 맞으면 만선으로 항구로 돌아온다.

가을이 오면 꿈 같은 하루가 시작된다. 보라색 하늘에 걸린 만국기는 어서 오라며 손짓한다.

운동장을 달리던 새하얀 신발은 백설공주가 신었던 것처럼 눈같이 하얗고 새처럼 가볍다.

숨을 헐떡이며 팔뚝을 자랑스럽게 내민다. 순간 순위가 바뀌는 청군 백군의 함성은 산을 흔들고 바다는 춤춘다.

작은 소망이 별이 된 운동장은 어린 가슴들의 마음을 태우며 시간의 페이지마다 아련한 편지를 쓰게 한다. 색동옷 입는 인파는 거대한 돌담이 되어 운동장을 감싸며 비좁게 들어갈 틈도 없다.

모인 인파는 옛 추억을 담아 그들의 가족들과 아이들과 한 몸이 된다.

해송 사이로 장사꾼들은 투박한 정을 나누며 일렁이는 파도 같은 인파들은 삼삼오오 짝을 지어 점심을 먹는다.

장사치는 먼 곳에서 온 촌노들을 유혹한다. 코를 실룩 실룩 끙끙대며 막국수와 잔치집 국수, 메밀묵, 도토리묵, 밀면, 오징어 파전, 정구지 파전, 부침개, 칼칼한 국밥을 찾아 기웃거린다.

소나무 해송을 집 삼아 펼친 장막을 기웃거리던 참새와 딱따구리 친구 새들은 막걸리 냄새에 취해 구슬피 노래한다.

민초들의 애환이 스며든 거칠고 투박한 손들은 질퍽한 시간을 견뎌낸 인내의 상징이었다. 운동장의 잔치는 오후 늦게 파장이다. 소녀와 소년들의 함성은 질주가 되었고 참 세상을 위한 초등학생들의 놀이에 가을은 간다.

지금 꿈이 아니기를 바랐다. 그는 어린시절 '자전거 도둑'이라는 영화를 보았다. 귀신은 도둑같이 소리를 내지 않아 둘의 공통점은 정신의 힘이 윤리와 영혼을 밀어내며 욕망이 점화된 순간 로켓은 무아지경으로 이성은 사라지며 모든 신경망이 폭발하며 눈은 레이저 광선을 쏟아내며 아주 멀리 지구의 행성 밖으로 날아가 버린다.

그 영화에서는 인간들의 집요한 반칙에 그는 생명을

도둑질당한다. 이제 남은 것은 처참한 환경이 비극이 된다. 짙은 회색의 도시를 걷고 걸었다.

너덜너덜한 신발을 품속에 넣고 치밀어 오르는 분노를 도시의 빌딩 높이 만큼 마음을 진정하게 한다. 둥지를 잃고 날개 꺾인 새가 되어 돌아갈 수 없다.

빵을 들고 가지 못하는 가장의 심정. 하루살이 인생. 내일은 빵이 없다. 처참한 도시의 인생이다.

그러나 그에게 자전거가 돌아온다면 빵의 유혹에서 벗어날 수 있다.

도시에 처음 왔을 때 그의 꿈은 새처럼 비상하여 도시를 탈출하는 자신을 상상하곤 했다. 도시의 시궁창으로 빠져 버린 자신을 발견한다. 아직은 가족의 눈동자 속에는 희망이 스며 있었고 웃음 안에 정이 넘친다.

그는 슬픔을 배에 감추며 허리에 베옷을 칭칭 감는다. 내일은 내일의 길이 있다며 스스로 위로한다. 흑백이 도시를 탐욕으로 얼룩졌고 인간들의 치부가 처참한 몰골이 백골되어 로마 거리를 점령한다.

자신의 나약함조차 끼어들 틈이 없는 흑과 백의 조화

속에 툭 튀어나온다.

이탈리아인은 시칠리아에서 로마로 들어왔다. 모자를 깊숙이 쓴 채 레이저 광선을 쏘아대며 거리를 배회한다. 운명은 운명이 숙명이 되어 탐스러운 먹잇감이 들어온다. 그가 도둑맞는 자전거와 쌍둥이처럼 닮았다. 무의식 욕구와 자아를 헤집고 빛보다 빠르게 다가선다. 타인의 것을 훔쳐 타고 달려간다.

"도둑이야, 도둑이야!"

그는 희열을 느꼈으며 세상을 다 가진 듯 자유로운 영혼은 유쾌했다. 소년은 흑백의 화면을 응시한 채 숨을 고르며 영화 화면 속으로 걸어 들어가 미래의 화살이 로켓이 되어 뒤돌아와 그의 가슴 깊숙이 들어오는 것을 느꼈다.

9

황제고래는 꿈속에서 하나님을 만나고 인간에 대한 새
로운 사상을 갖는다. 2년 이후는 평화가 찾아온다. 멸종
위기인 고래를 살리기 위해 유엔에서 고래잡이 금지령이
지정되었다.

3개월은 그럭저럭 금전 때문에 신경 쓸 일은 없다. 앞
으로 2개월 동안 조선소에서 포경선을 수리한다. 그동안
무리하게 사용했던 엔진을 완전히 해체 후 다시 결합한
다. 선원들의 말로는 볼링 작업이라 한다.

조선소에서 선원들은 열심히 최선을 다해서 선박 수
리에 참석했다. 고마운 선원들이다. 이제 2년 후는 고래
금지령이 내린다. 그때까지 선원들은 최선의 노력을 기
울인다.

선박의 모든 곳을 점검했다. 특히 배의 외부에 조개며

해초들을 제거하고 완전하게 페인트로 도색을 했다. 그렇지 않으면 배의 속도가 줄어든다.

출항 날짜가 다가오고 있다. 선장은 해도를 펼쳐놓고 계획표를 짠다. 아주 큰 그림의 계획이다.

바다는 순식간에 변한다. 해도에 항로를 연필로 계획을 그려 넣는다.

황제고래는 인간들의 무차별 사냥에 대해 기도했다. 이 모든 전쟁을 평화로 변경시켜 달라며 기도에 매달렸다. 그 밤에 주님을 만났다. 그분의 말씀은 권능이 있고 신뢰가 되어 주었다.

산상설교를 통해서 그분의 말씀에 군중은 그분의 가르침에 놀란다. 그들의 제사장 율사보다 권위를 지닌 분으로 말씀을 하셨다. 산상설교의 정치적 타당성은 사회현상을 통찰하는 안목을 가졌다. 그곳에서 새로운 사회질서를 선포한다.

주님은 이방인을 구원에서 배제하지 않는다. 초청받고도 못 오는 인간은 그 인간이 없어도 잔치는 이루어진다. 새로운 언약은 유일한 민족, 유일한 하나님을 사랑하는 민족으로 거듭 태어나게 한다.

황제고래는 꿈에서 주님의 보혈로 언약을 맺는다. 바다와 육지가 평화를 맺는 자연에 순응하는 세상을 만들기로 약속받는다.

포경선은 2개월은 수리해야 한다. 기관실을 해체하였고, 외부 갑판, 내부 갑판, 선원식, 식당, 선박을 지휘하는 브릿지 등 수리는 끝났다.

2년간 쉼 없이 고래를 추격해야 한다. 이번에는 세계일주 계획표를 잡았다. 대양에서 폭풍우를 만났을 때 사고로 이어질 수 있다.

선원들의 눈빛은 부드러웠다. 머나먼 항해는 부담감이 되지만 금전적 유용성은 몇 년간 다른 일을 해도 월사금과 큰돈을 만져볼 수 있다.

선장은 해도실에서 항로에 대해 그림을 그려본다. 전번에 손에 들어 왔다. 놓쳐 버린 황제고래는 잡아야겠다는 의지가 솟아오른다. 내일은 출항이다.

모든 준비는 끝났다. 집에 돌아가 오후 10시에 잠이 들었다. 잠에서 깨어나 창문을 연다.

새벽 미명의 오렌지색 실루엣은 밤 물결을 타고 포구를 휘감았다. 청마루에 밤새 누워 있던 삽살개는 뛰어와 꼬리를 친다.

무궁화 언덕을 달려가면 하늘색 모래와 바위는 여러 생명을 깨웁니다. 거북이 바위는 붉은 불을 뿜어내며 항구로 향하던 매는 더 높이 날며 항구로 날아다니다 뒷동산에 천년 묵은 소나무에 앉아 먼 바다를 바라봅니다.

산길을 걸어 길 옆 초가집 지붕에는 하얀 박꽃이 보름달을 품은 듯 애정스럽습니다. 사라 끝 등대는 선원들에게 희망이 되고 삶의 의지를 높여주며 언제나 그 자리에 있습니다.

중학교 아래 펼쳐진 해변의 모래는 어린이들의 놀이터가 됩니다. 해변의 모래는 작은 파도의 질감처럼 부드럽습니다.

엄마의 자장가는 밀려오는 파도와 모래성을 허물고 어린 생명을 자연의 동심으로 인도합니다.

해는 두꺼비 놀이를 제공했고, '새집 줄게 헌집다오' 해변의 노래가 비밀의 바다에 보물을 캐기 위해 검은 소녀와 검은 얼굴 소년들은 자무질을 합니다.

잠수하여 해저를 박차고 수면으로 올라오는 모습이 신기합니다. 어깨까지 수면 위로 올라옵니다.

모두가 극한의 순간까지 해저에서 보물을 캡니다. 운수 좋은 날은 전복도 서너 마리 잡습니다. 등대는 언제나 그를 바라보고 있습니다.

여름날 바다가 지칠 때면 해변에서 일탈을 하죠. 푸른 산 계곡 깊숙이 숨어있는 어름을 따먹으며 깔깔 그리며 웃고 떠들어요.

겨울이 오면 동짓달 달 그림자에 더벅머리 코흘리개들은 흙빛 외투를 만지며 낮에는 막대기를 칼 삼아 전쟁놀이, 밤에는 동네 집집 마다 탐방하며 어느 집 팥죽이 맛있는지 평가합니다.

북극성이 마을길을 운행하면 밤도둑과 경찰들의 시합인 경우 삼졸놀이는 너무 재밌어서 이슬이 맺힐 때까지 이리저리 뛰어 달렸던 그곳을 어찌 잊으리오.

삽살개는 포경선까지 따라와 주인을 지극한 눈으로 보고 있다. 눈가에 촉촉이 젖어 오는 뜻 모를 눈물이 새어 들어오는 아침의 힘찬 햇살에 밀려 어린 시절을 회상했다.

선원들은 모두다 출항 준비에 자신의 자리에서 대기하고 있었다. 포경선 선장은 담배를 입에 문다. 출항 신호가 떨어졌다.

끈질긴 이 땅의 기운들, 인간보다 질긴 생명들. 누구나 시작은 초봄이었고, 마지막은 혼자다.

심장은 뛰었다. 기개와 열정으로 세상에 이름을 걸고 도전했다. 실패와 성공은 양날의 날 선 검.

어느 순간 깨끗한 물은 지류를 벗어나 바다에 모였으며 내면에 쌓이는 먼지와 거미줄, 보이지 않음에 대한 확신. 떨어지는 낙엽에 마음은 이탈했고 열정은 식어갔다.

양지바른 곳에 집을 짓고 봄은 작별한다. 강산은 어둡고 신작로에서 춤추는 망나니. 미친 애증은 울부짖고 소낙비는 여름을 기다리네.

거듭난 이 땅의 생명은 플랫폼을 벗어나 이국 하늘에

이상향을 찾고 상상 속에 잃어버린 내면은 다시는 돌아오지 않는다.

오늘은 6월이다. 이제 전쟁은 시작이다. 등대를 돌아나올 때 방파제의 인파들은 손을 흔들어 준다. 우리들은 답례로 기적을 뱃고동 소리를 길게 지른다.

항로를 정하고 항해는 순조롭게 시작된다. 가슴에는 이름 모를 소녀의 마음과 이름 모를 꽃이 가슴에 심어져 살짝 꽃이 피었다.

돌아올 수 있을까, 평화의 등불로 돌아올 수 있을까, 세계일주를 할 수 있을까, 포경선에서 기르는 매는 자신의 둥지로 돌아왔다.

6월은 언제나 가슴을 뛰게 한다. 부두에서 손 흔드는 여인들의 꽃머리 장식에 잠시 눈을 감았다. 영원한 시간 속으로 들어갈 지, 새로운 삶을 즐기는 바다의 여신에게 우리의 포경선을 위탁한다.

연안 쪽으로 항로를 택했다. 포항만을 지나 장기곶은 12마일 떨어져 있다. 먼 영해와 영덕이 보였다.

파도는 잔잔했고, 호수처럼 대평원을 만들어 주었다.

도루묵의 알들이 바다를 덮고 있다. 좋은 바다 상황이다. 울진을 지나 주문진 등대를 확인한다. 더 넘어가면 속초이다.

늙은 어부가 비상벨을 누른다. 고래를 발견했다. 우현 40도 방향이다. 운이 좋다.

잘못된다면 북한 해역으로 들어갈 수 있다. 저 코스이며 북한 수역과 멀어진다. 전속력으로 달려간다. 고래는 세 마리였다. 그중 어미 고래를 선택했다. 포수는 재빠르게 포대 앞에서 새의 폼을 잡고 몸을 푼다.

선장은 담배를 입에 문다. 생각에 잠긴다. 1킬로미터 이내이다. 1시간이면 가능하다.

전속력으로 엔진을 올린다. 100% 전속력이다. 엔진이 터질 것 같다. 1시간을 달려간다.

시야가 400미터로 접근했다. 이제 120미터. 선장의 속도조절기 번호판에 찍힌다.

드디어 대포를 쏠 수 있는 거리. 30미터다. 포수는 긴장하고 있다. 선장은 포수의 등만 보아도 그날 포수의 상태를 알 수 있다.

마이크로 포수에게 긴장하지 말라고 말한다. 포수는 좌우로 몸을 흔들며 긴장감을 푼다.

바로 눈앞에 고래다. 포신을 조절한 포수의 손끝이 떨렸다.

그가 좋아하는 6월 팬티, 노오란색을 입지 않았다는 생각에 정신이 아득하다. 아이러니한 징크스였다. 그런데 갑자기 그의 눈앞에는 고래 등에 노오란 해초들이 펄럭였다.

그 바람에 정신을 차리고 포대, 거리, 고래와의 호흡이 들어왔다. 삼위일체의 순간에 방아쇠를 당겼다.

작살은 포물선을 그리며 노오란 등에 깊숙이 박혔다. 포수는 심호흡을 크게 했다. 고래가 작살을 맞는 순간은 전기가 오듯 찌릿찌릿했다.

등 아래쪽 노오란 해초 밑에 들어갔다. 피가 사방으로 튄다. 수면에서 퍼져 올라오는 핏줄기는 처참했다.

분수보다 더 높게, 더 크게 하늘을 향해 퍼져 올라간다. 인간은 성공했다. 고래가 사망함으로써 서로가 아이러니한 사실이다.

네가 죽고 내가 산다. 바다에 평화가 없다면 이러한 현상은 영원히 지속된다. 첫날에 한 마리를 수확했다. 점점 지쳐가는 고래 결국에는 윈치로 당겨 갑판으로 올라왔다. 선장은 깜짝 놀란다. 두 마리는 사라져 버렸다.

황제고래의 멘토링 프로그램과 교육으로 그들은 스스로 학습하며 먼 바다로 갔다.

갑판에서 작업이 시작되었다. 갑판원들은 2시간의 작업으로 고래를 해체했다. 선창 아래에 있는 얼음 속으로 고래는 자취를 감추고 말았다.

조류는 대마도에서 상승하여 북으로 올라오는 해류와 북해도에서 내려오는 한류가 만나는 지점인 독도로 항로를 잡고 항해가 다시 시작된다.

난류와 한류가 만나는 곳에는 수온약층이 형성되어 어장의 환경은 최상급이다.

막내 선원은 조타기를 잡으면서 지루한지 시인 아닌 시인의 시를 듣고 싶어 한다.

어제

어제 그녀는 떠났다
이제는 만날 수 없음을
처음 본 날 이별을 예감하지 못했지
그리움만 주고 말 없이
떠나갔다.

어제 그녀는 떠났다 그녀가 보고픈 것은
낡은 교실에서 친구들이 연주한 풍금 소리
소나무 향에 취한 매미들의 짓궂은 노래와
소학교 운동장의 추억과 우정 섞인 웃음과
표정들 오늘 그리고 내일이 있기 때문이다

어제 그녀는 떠났다 옛 기억들이 밀물처럼
다가왔다 눈 오는 항구의 쓸쓸함 바람을 타고

오는 커피 향 속에 추억들 눈 내리는 포구는

이루어질 수 없는 삶의 서사시

어제 그녀는 떠났다

붉은 바다에 그리운 정을 새기고 푸른 눈을

맞으며 등불을 향해 떠났다 나의 눈물은

그녀가 떠난 날 마지막 눈물이 되었다

10

 3초만에 선장의 노련한 항해술은 고래의 등 뒤로 바짝
붙는다.

 하나, 둘, 셋! 작살이 날아간다.

 대포의 발사 각도는 항상 포물선을 그린다.

 지금은 노오란 팬티를 입었나 보다. 긴장을 하지
않는다.

 작은 가슴 위쪽을 뚫고 들어간다. 고래는 갑자기 흥분
한 상태로 꼬리로 선박을 내리친다. 물보라가 선장실까
지 날아온다. 그리고 뱃전에서 멀어진다.

 엔진을 멈추고 서서히 고래의 힘을 뺀다. 고래의 피는
온 바다를 물들인다.

 윈치로 고래를 감아 당긴다. 배 옆구리에 고래를 붙이
고 부레에 바람을 밀어 넣는다. 선미 쪽 와이어의 작동으로 묶은 줄은 풀리고 꼬리는 선미에 선다.

브릿지 옆 윈치를 이용하여 고래를 당겨 서서히 갑판으로 당긴다. 피를 따라 고래가 지나간 발자취마다 새와 거북이, 물개, 상어들이 모여들었다.

그들만의 잔치가 시작된다. 빨리 배로 끌어당기지 못하면 고래는 상어로부터의 공격으로 상품의 가치를 잃는다.

상어 한 마리가 점프를 하면서 꼬리쪽에 달라붙어 좌우로 흔든다. 곧 살결이 떨어져 나갈 폼이다.

갑판장은 재빨리 창을 들고 던진다.

빗맞았다. 결국 상어는 고래 살점을 물고 멀리 달아난다. 그사이 새들은 머리를 처박고 그 부분에 달라붙어서 쪼아 먹는다. 갑판장은 몸에 줄을 묶고 바닷속으로 들어간다. 상어가 있어도 상관없이 오늘 죽을 각오다.

고래 꼬리에 앉아서 창으로 상어들이 다시 몰려오기를 기다린다. 상어 집단도 용기가 가상하다. 그들도 먹이 앞에서는 양보가 없다.

달려드는 첫 번째 상어를 고래의 등 위로 가서 갑판장

이 창을 던졌다. 이번에도 실패다.

살기 위해서는 갑판으로 돌아와야 한다. 몇 점의 고래를 상어와 새들에게 내어주고 고래를 갑판까지 당긴다.

모든 일에도 성공과 실패가 있다. 작은 것을 얻기 위해 목숨까지 내놓을 필요는 없다. 선원들은 몸이 생명이다.

윈치의 씩씩 대는 소리는 힘이 버거운지 고래의 무게에 한차례 뒤로 밀려갔다. 이때가 가장 위험한 순간이다. 노련한 윈치맨은 와이어를 약간 풀었다가 일시에 감는다.

멈추면 당길 수 없다. 그대로 쭉 달려온다. 이제 안심할 정도로 고래는 윈치 앞까지 올렸다.

밍크고래였다.

선원들은 한번 묵념을 하고, 세 사람이 해체 작업을 시작했다.

선장은 다음 행선지로 알래스카를 지목한다. 긴 항해가 또 시작된다.

가는 길은 안개와 오징어배 그물이 가장 위험하다. 북해도는 아침에 들어갈 예정이다. 시간상 그렇다.

북해도를 통과하고 있다. 대형 트롤선과 카페리오 운

반선, 여객선, 오징어 운반선, 오징어배 등 다양한 무리들을 지나 무사히 북해도 협수로를 지나왔다.

항해 중에 쿠시로 해역에 들어서니 안개가 자욱했다. 레이다로 10분마다 점검을 했다.

마주 내려오는 선박은 레이다 상으로 20마일은 찍힌다. 오늘 같은 레이다의 컨디션으로는 12마일이다. 1마일은 육지거리로 1,609미터이다.

양쪽에서 마주쳐 온다 해도 6마일은 30분 거리이다. 충분히 피할 수 있는 시간적 여유를 갖는다. 20분이면 그래도 급박한 시간이 될 수도 있다.

그날 밤, 야식을 먹기 전에 선수 12마일에 선박이 나타났다. 조타수에게 키를 맡기고 식당으로 갔다. 라면을 먹는데 입맛이 없었다.

생각보다 일찍 브릿지로 갔다. 그는 아주 놀랐다.

선수 코앞에 거대한 선박이 있었다. 충돌 일보 직전이었다.

항해술은 침착해야 한다. 냉정을 잃으면 작은 선박은 바다에 제물이 된다. 조타수에 조타키를 직접 잡았다.

살고 죽는 것은 하늘의 운명 코앞에 있는 선박의 움직임을 3초간 주시했다.

그 배는 움직임 없이 곧바로 본선 쪽으로 밀고 내려온다. 선박이 가까울 때는 작은 선박이 움직여야 한다. 왜냐하면 큰 선박일수록 변침 시간이 약간 지체된다. 앞 배의 움직임은 없다.

그대로 돌진이다. 그는 조타기를 앞 배의 녹동이 보였다. 바다의 불문율은 홍등대. 홍등을 그리면 좌현을 서로 마주 보며 항해한다.

하지만 이 상황은 그렇지 않다. 너무 늦은 상황이다.

그는 조타키를 좌현으로 33도까지 변침했다. 5초 후에 앞 선박의 선수를 피해 녹동과 녹동을 마주 보며 지나쳐 간다.

갑판에서 멀리뛰기를 하면 포경선으로 넘어올 수 있는 그야말로 일순간에 일들이 벌어졌다.

"신이시여, 고맙습니다, 감사합니다!"

그는 이제 신을 믿기 시작했다. 사람이 행하였지만 결과는 신이 결정한다는 사실을 깨달았다.

일촉즉발의 상황은 타이타닉 호와 같은 길을 걸었을 것이다.

16번 채널에서는 우리들을 구출하기 위해 이틀 후에 도착한다는 연락이 올 거다.

우리 포경선은 사고 후 10분 이내로 침몰했고, 수온이 낮아서 10분 이상 버틸 사람은 없다. 모두가 새로 태어난 밤이었다.

아침은 밝았다. 태양은 안개를 걷어냈으며 바다는 호수처럼 아름다웠다. 어제 일을 잊고 다시 항해를 한다.

오전에서 오후로 넘어가는 시간에 포경선 좌우로 거대한 고래가 있다. 아마도 우리 선박에 대한 호기심이나 친구로 생각했겠지.

모두 다 제자리를 지키고 있다. 속도를 줄인다. 좌현쪽 고래를 잡는다. 선수 앞으로 고래가 나간다.

그때 포신의 포는 작살을 싣고 포물선을 그리며 날아가 등에 박힌다. 고래는 땀범벅이 된다.

피를 줄줄 흘리며 무거운 포경선을 끌고 다니다 결국 힘이 다했다.

아직도 곁에 머무는 고래는 연인 사인가 보다. 빠른 시간 내에 해체 작업이 끝났다.

가까이 있는 고래를 추격한다. 그 고래는 멀리 도망가지도 않는다. 사랑에 목말라 하는 그들만의 사랑법. 인간은 정말 고래처럼 할 수 있을까?

간밤의 불상사가 두 마리의 고래를 잡았다. 모든 세상사는 새옹지마라 했다.

알래스카에 들어가면 조업시간은 90일이다. 여름에 조업을 해야 한다. 10월이 넘어서면 눈보라와 폭풍우에 조업을 할 수기 없다.

알래스카에 들어왔다. 설레는 마음을 달래며 고래의 대규모 서식지에 온 걸 기쁘게 여겼다.

황제고래는 포경선이 도착했다는 정보를 받았다. 이곳에 있는 고래의 규모는 140마리이다.

황제고래는 연설을 한다.

"우리의 터에 적이 들어왔다. 승리할 무기는 없다. 피하는 게 상책이다. 우리들의 아지트인 유빙으로 가자."

저들은 유빙의 은신처로 숨어 들어갔다. 포경선은 들뜬 마음으로 이틀이 되어도 한 마리의 고래를 볼 수 없다.

이상했다. 동산호 트롤선에 승선했을 때는 학익진 연습을 하면 바다의 황제답게, 무법자답게 다녔는데 지금은 그때와는 느낌이 다르다.

선장은 수심이 낮은 유빙으로 들어가 본다. 과연 거기에 고래들이 집단을 형성하고 있었다.

하지만 쉽사리 들어갈 수 없다. 유빙에 갇히면 본선은 절단이 난다. 들어가지 못하니 기다릴 수밖에 없었다.

그 이튿날은 운수 좋은 날이었다. 만년설이 떨어지면서 고래가 맞아 정신을 잃고 본선 쪽으로 왔다 굴러온 떡이다.

다시 기다렸다. 그 날은 나이가 다 차 자연사한 고래가 자연사하기 전에 본선으로 왔다.

한 시간이 늦었더라면 그대로 고래 무덤에 가라앉을 뻔했다. 어부지리로 두 마리를 잡았다.

일주일을 기다렸는데 소식은 없다. 포경선은 봉쇄를 풀고 서쪽으로 항해했다.

거기서 젊은 고래 두 마리를 발견했다. 친척을 만나러 오다 본선에 걸린 것이다. 그 두 마리도 잡혔다.

그 후로 일주일, 이주일, 한 달 동안 고래를 발견할 수 없다. 기간은 두 달뿐이다.

북쪽으로 연안을 따라 항해하다 긴 협수로를 만났다. 세상에서 이렇게 마법 같은 곳은 없었다. 상상 속의 천국의 문이었다.

그리로 넘어가 5일만에 고래 떼를 만났다. 그들도 훈련이 잘되었다. 엔진을 무리하게 올려 겨우 한 마리를 잡았다. 다음 날 그물에 걸린 살아있는 고래를 그물째로 잡았다.

갑판에서 피를 빼야 상품의 가치가 된다. 피를 완전히 빼니 본선은 피로 얼룩졌다.

다시 협곡을 밤에 항해했다. 천국의 문은 여기가 아닌가 착각이 들었다. 상상 속의 문 아니면 유토피아가 이곳이 아닌가 선장은 생각했다.

막내는 시 한 편을 부탁한다.

아직 나는 배가 고프다. 더 싸워야 한다. 내 몸에는 아직 파이팅이 넘쳤다.

천국에서 시 한 편도 좋을 것 같았다.

달

고독한 모습은 새악시 볼처럼 사랑스럽다
푸른 눈길을 헤쳐 가는 본선의 외길이 멋스럽다
너의 미소는 자연을 만지며 만년설을 애무한다
천년을 달려와 손을 잡으면 월광은 소금향 같아
오늘 밤 기다리는 님이 있는 고향에 뜬 달은
애인이 되어 잠을 청한다

마돈나

마돈나 붉은 바다로 가자
바닷새가 돌아오는 그곳으로 가자
마돈나 북풍이 불면 돛을 펼쳐
그대 이름이 바람되는 그곳으로 가자
마돈나 은빛 고래는 심해를 깨우며
연인의 이름이 새겨진 그 바다로 가자

다시 유빙으로 들어가 본다. 본선의 위험이 있어도 시간이 없다. 보름 내에 승부를 걸어야 한다.

젊고 유능한 고래가 관측소에서 졸고 있다. 엔진을 끄고 몰래 접근했다. 대포는 날아갔다.

유능한 고래는 어쩔 도리 없이 생을 마감한다. 3일이 지났다. 북쪽 유빙을 탐색했다.

연애하는 고래인가? 외따로 나와 있다. 한 마리도 사랑 때문에 운명을 달리한다. 3일을 더 헤맨다.

고래가 보이지 않는다. 일본 운반선을 만나기로 한 장소로 나갔다. 서서히 배를 붙였다.

그 순간 미국 경비함정 코스트가드가 우리 배에 붙는다. 혹시 본선이 대게나 대구 등 금지 어종을 잡았는지 확인한다. 대게 한 마리 발견 시 4만 불이다. 하루 종일 검사를 했다.

금지 어종을 발견하지 못하고 떠났다. 그동안 하역 작업은 끝났다. 부식을 받고 벙커씨유를 기름 탱크에 가득 담아 아메리카로 항로를 선택한다.

11

디오는 황제고래에게 부탁한다. 세계일주를 다시 해야 겠다고 한다. 황제는 승낙한다.

포경선이 운반선을 만났던 그 시간에 디오는 출발한다. 어머니인 탱고에게 큰절을 드리며 작별의 키스를 한다.

언제 만날 수 있는 지는 2년 후에 알 수 있다. 2년이 되어 돌아오지 않으면 그 날짜에 넋을 부르겠다고 한다.

디오 왕자는 모두에게 작별 인사를 한 후 떠나간다.

포경선이 천국의 문을 열고 나온 그곳으로 항해를 시 작한다. 긴 항해 길이다. 생사는 하늘이 정해준 것 모든 것에 미련은 없다.

아메리카 연안은 먹을거리가 풍족했다. 특히 연어들의 군단은 왕자에게 숙식과 음식을 제공해 주었다. 모든 현 상이 신기했다. 특히 고래 특유의 잠행과 접영이 매우 좋았다.

여러 가지 수영법으로 샌프란시스코까지 갔다. 거기서 하루를 쉬며 피로를 풀 계획이다.

오다가 친구들도 만났는데 위험성을 충분히 알아듣게 설명을 해 주었다. 미국 동부인 뉴욕으로 향한다. 뉴욕 생활도 재미가 있었다.

그 시간에 포경선은 샌프란시스코에서 또 고래 한 마리를 잡았다. 이틀을 헤매다 두 마리를 잡는 성과를 거두었다.

디오는 이제 남아메리카로 향한다.

멕시코만을 지나 그가 가장 가고 싶었던 카리브 해역에 도착했다.

이틀이면 쿠바 아바나 항구를 볼 수 있겠지. 쿠바는 자신의 제2의 고향 같은 곳이다.

그곳에서 한 여인을 만난다. 그들은 한눈에 서로를 알아보았다. 달콤한 향기, 매끈한 몸매, 사랑스러운 날개의 움직임, 아름다운 눈동자, 아름다운 목소리.

둘은 가까이 다가가 인사를 했다. 이름은 라이언이었다.

포경선 선장은 지난날을 회상한다.

알래스카에서 명태를 잡았고 이제 새로운 세계에 도전한다. 동산호가 항공모함이면 아주 작은 선박에 승선했다.

북해도를 지나 쿠시로 근해에서 조업했는데 그물로 잡는 오징어 선박이었다. 저기압이 수시로 들이닥쳤다. 황당하고 묘한 바다였다. 수시로 기상이 악화되었고 안개와 어둠이 계속되는 고난의 해역이었다.

그는 나침판과 그물의 위치를 알려주는 라디오 부이의 주파수를 잡아 선박을 수시로 이동하였다. 그에게는 저기압과 폭풍으로 인하여 고된 시간이었다.

선미 추진기에 그물이 걸려 선박의 속도가 현저히 줄어들었다. 잠수부 장비를 입고 조류가 심하게 흐르는 곳에서 바닷속 깊은 곳으로 잠수하여 그물을 끊었다.

힘든 하루였다. 만선으로 무사히 부산에 입항했다.

무라사키

운무에 바닷새는 올 수가 없네

짝 잃은 항해자는 거친 파도에 갇힌 가련한 신세

붉은 감이 그물에 가득하면 소리치는 생명의 몸부림

갑판 위로 넘실대는 파도는 음악의 추임새 되네

쓰러져 잠이 들면 깃발은 펄럭인다

북해도 선술집에서 님을 기다려야지

새로운 약속의 무대인 괌에 입성했다. 괌의 카사마 부두에 우진 7호 건착선이 대기하고 있었다.

열대지방 특유의 스콜이 지나갈 때 빗소리는 정다운 음악처럼 들렸다.

음료수 자판기에서 콜라를 마시며 노을이 비친 유람선의 긴 그림자에서 잃어버린 첫사랑이 생각났다.

밤이 깊어가면 부두를 벗어나 언덕 위에 시멘스 클럽에서 당구를 즐겼고 이국의 선원들을 만났다.

사이판과 티니안에도 갔다. 사이판 한국 교회에서 예배드리고 세례식도 받았다.

그날 밤 비는 비가 아니라 폭포수였다. 후배와 함께 물 폭탄을 맞으며 해안선을 따라 한없이 걸었다.

다음 날은 청명한 날씨였다. 한국인들의 위령탑에서 기도했다. 후덥지근한 해풍은 평화를 속삭였다. 시리도록 청명한 하늘과 검은빛 바다가 아픔의 역사를 말해 준다.

위령탑에 비친 사이판은 잃어버린 청춘의 자화상이었다.

그는 바닷속에 잠긴 채 꿈을 꾼다. 여기는 동해 독도…:

독도

무궁화 꽃이 피었습니다
독도에 피었습니다
푸른 태양은 너를 만나 너의 이름을 불렀고
바닷새는 돌아와 소망의 등대가 되어
북극성처럼 항해자에게 나침판이 됩니다

거친 파도에 섬은
노병의 얼굴이 되고 역사가 되어

노병의 가슴에는 꽃이 피었습니다

꽃은 물결을 따라 흘러가면

달빛은 친구가 되어 사모곡을 불러줍니다

신이 빚은 솜씨는 걸작 중 걸작으로

솔로몬의 성전보다

다윗의 투구보다

아름답고 수수합니다

독도의 심장은 동해 바다를 뛰게 했고

태양이 뜨고 지는 곳까지 전설이 됩니다

지금 마법의 섬에 그리움이 쌓여

무궁화 꽃이 피었습니다

오징어 선박에 승선하여 어부들의 아픔을 함께 느꼈다.

한산도를 지나 해저터널이 보였고 모교인 통영수산대학교를 지나쳤다.

남해는 아름다움이 세계적이다. 그리고 흑산도와 서해

어청도까지 오징어잡이를 했다.

그 후 인도양에 위치하는 파키스탄 카라치 항구로 갔다.
카라치에는 사막과 33도를 넘나드는 무더위가 그들을 반겼
지만 그 또한 그들에게 있어서는 행복이었다.

그러한 그들의 모습은 순박했으며 삶들이 우리의 인생
과 다름이 없었다.

약속

인도양은 약속의 바다
태평양의 유혹을 뿌리치고 대도시에 합류했다
여름에 포위당한 타라치 항구는
달콤함과 후텁지근한 열기가 목을 두른다

거리거리와 골목골목 사이로
물결같이 일렁이는 공간을 따라 걸었다

시장은 문화의 집결지
광장 깊숙이 숨겨두었던
그들의 땀 내음을 기억하며

낯설지 않은 오랜 친구의 마음으로 관찰한다

제멋을 다한 물결들은
건방지다 못해 도도하다

상품의 표정 얼굴의 모습들
인파를 따라 걸었다
그 길에는 아시아의 멋이 넘쳐났다

긴 뱃고동 소리를 내 던지고
부두를 벗어나 인도양에 첫 키스를 보낸다
레이다 스크린에 비친 카라치 항구는 40마일
바다는 신비하고 언제나 마술을 한다

인도양의 전설이 되기를 원했던
넵튠호는 이제 전설이 된다
밤이 되면 자신만 찾으려 한다
그럴 수밖에 없다는 듯
초승달이 포옹한 별은 영롱했다

이곳의 바다는 루비와 에메랄드

그리고 맥주와 혼합된 색이다

은빛 갈치는 쇼를 연출한다

로키 산맥 같은 거대한 절벽에서 펼쳐진

그들의 쇼는 볼 만하다

항해사는 곡예사다

절벽을 타고 넘는다

네트를 당겨 올린다

마지막 그물은 잠수함처럼

수면 위로 부상하면 주위의 물줄기는

용오름이 오르듯 소용돌이친다

인도양의 마술은 선원들의 손에서

아시아와 아프리카 그리고 유럽을 잇고

어린 소녀와 소년을 위해

세상 끝날 때까지 디딤돌이 되어 준다

그는 꿈에서 깨어나 긴 기지개를 켠다

포경선은 양 대륙을 마주 보면서 항해했다. 감각적인 만남이었다. 오른편은 이란 신기루 사이에, 아프리카 대륙은 헤밍웨이의 사자의 꿈이 스며 있다.

두바이에서 하역을 마치고 인도양으로 들어선다. 그는 고래의 전설을 알고 있다. 뜨거운 입맞춤은 기쁨이요, 내뿜는 소리는 비파 음률이다.

고래는 바다의 황제며, 바다를 수호하는 방패요, 요새이다. 꼬리는 아름답고 잠수하는 자세는 올림픽 금메달감이다.

그 몸통을 자세히 보니 등줄기를 시작으로 온통 검은 빛으로 장식하였다. 몸통 사이사이 갑옷으로 방패를 만들었다. 눈은 언제나 미소를 보여준다.

미사일처럼 생긴 어류가 있다. 몸매는 독수리처럼 날카롭고 빠르고 우아하다. 그의 이름은 바다의 무법자 상어다. 빠름과 날카로움을 좋아하는 집단은 그에게 속한다. 어떤 이는 부드러움을 느림을 사랑한다. 거북이의 사랑은 놀랍다. 수시로 바다의 마도로스를 등에 태워 구조한다. 소방차의 역할이다. 거북이와 여행할 때 참치가 다가와 인사한다. 참치는 모든 어류들을 좋아한다. 특히 고래와 함께 동행하기를 좋아한다. 고래가 있는 곳에는 참치가 있다.

참치 떼를 찾아 헤맸다. 하늘 위에는 매가 창공을 날며 새를 찾고 고래의 숨소리를 듣는다.

고래가 보였다. 헤밍웨이의 사자는 대륙에만 있지 않았다. 사자의 꿈은 바다와 육지와 우리가 머무는 어느 하늘 어느 곳에서도 존재한다는 것을 알았다.

준비는 끝났다. 인도양의 파도는 거칠었다. 저 멀리 고래가 보인다. 선장은 가까이 접근하기 위해 엔진의 심장이 터지도록 속도를 높인다. 엔진은 비명 소리를 냅다지른다. 포수는 선수에 작살 앞에 선다. 대포의 끝은 주먹처럼 뭉텅하다. 날카롭다면 고래의 피부를 뚫을 수 없다.

선수 맨 끝에선 포수는 경이롭다. 포신 앞에서 그는 천둥 같은 피의 흐름을 옴 몸으로 느낀다.

수년간 고래를 포획했던 포수는 고래 앞에서 경애심을 갖는다. 그의 숨소리는 고래의 호흡과 박자를 맞춘다. 고래가 수면 아래로 잠행하면 한동안 숨바꼭질 게임으로 들어간다. 지금 이 순간이 마지막 찬스다.

무아지경에 빠진 포수는 포를 발사한다. 포는 깊숙이 고래의 심장 가까이 꽂힌다. 피는 솟구쳤으며 분수처럼 뿜어져 나온다. 붉은 선을 그리며 고래의 힘은 미약해져 간다.

영원히 바다와 작별할 시간이 다가왔다. 눈을 끔뻑끔뻑되며 포경선에 가까이 다가간다.

12

지난날을 고래는 회상한다.

부모님과 여행 중에 그때는 엄마 배에 무임승차하여 동해를 지나 안개 낀 쿠시로에서 산고 끝에 태어났다. 북해도 쿠시로가 그의 고향이다.

어미를 따라 알래스카에서 어린 시절을 보냈다. 그때 그곳은 천국이었다. 수많은 친구들과 야영을 했고 만년설이 덮인 빙산에 가까이 다가가 빙산에 떨어지면서 내는 음률에 맞혀 합창하기를 즐겼다. 명태의 거대한 무리가 산란을 위해 떠들어대는 소리가 무척 신기했다.

우리가 헤엄칠 때 어미 고래들은 용기를 주었고 힘이 되어 주었다. 물사자가 서식하는 곳에는 서로 피했다. 그들의 배설물은 고약했다. 그들의 배설물은 우리들에게 방해가 되었다.

일종의 방어기제가 배설물이었다. 왜냐하면 그곳은 물사자들이 좋아하는 해초들이 풍부했기 때문이다.

청소년이 되었다. 부모님께 졸랐다. 세계일주를 단독으로 하고 싶다고 요청했다. 부모님은 용기 있다며 이제는 독립할 시기이다. 용기를 주었고 허락을 받았다.

1년 후에 돌아오지 않으면 기다리지 말 것을 미리 유언으로 남겼다. 모험과 여행은 항상 성장하게 한다.

어떤 사실들은 질문한 만큼 알고 경험의 생산은 배움의 질과 척도를 향상한다. 동전의 양면성을 아우르게 한다.

여행은 집에서 또 다른 집으로 작은 동굴에서 더 큰 도시로 새로운 세상을 발견하고 인생을 또 다른 인생에 길잡이가 되어준다. 첫 여행지로 북해도를 택했다. 그곳은 고향이기 때문이다.

쿠시로는 평화롭고 그 맛은 어릴 적 아련한 사랑 같은 것이었다. 해풍은 달달했으며 달콤했다.

독도를 스쳐 지나갔다. 독도는 너무나 아름다웠다. 그리고 제주도 서귀포를 지나갔다.

큰 선박은 나를 피해 항해를 재촉했다. 마라도까지 내

려가 보았다. 그곳에서 며칠을 보낸 후 남중국해까지 유영해 갔다. 드디어 가보고 싶었던 남태평양에 도착했다.

괌, 사이판, 티니안를 발견했을 때 짜릿함이 몸을 조였다. 그곳에는 내가 사랑했던 참치들이 모여들었고 수면 위로는 건착선들이 줄기차게 그물을 바다 위로 내렸다.

하늘 위에는 헬리콥터가 매의 눈으로 지켜보고 있었다. 인간들의 손길은 집요했다. 한 어선이 참치를 잡지 못하면 다른 건착선이 그물을 투망했다.

밤낮이 없었다. 고래는 꽤 신이 났다. 왜냐하면 그물이 수심 80미터에서 할머니들의 돈주머니같이 점점 조여오면 더 깊은 심해로 내려가 그물에서 탈출하면 된다.

참치들은 고래와 동행하여 그물에서 벗어난다. 참치들은 서로가 환호했고 밤마다 승리의 파티를 열었다.

그곳에서 짝을 만났다. 짝의 이름은 아리온이었다. 둘의 사랑은 황홀했다.

함께 인도양에 갔다. 그 지역은 낯설지 않았다. 아리온이 태어난 곳이었기에 수심은 얕고 대륙붕은 짧았다. 어떤 곳은 절벽이 빅토리아 폭포처럼 깊고 웅장했다. 그곳에서 신혼생활은 꿀맛이었다.

파키스탄에서 갈치 떼들의 쇼를 볼 때에는 왕자 고래
인 디오가 그리워졌다.

왕자님도 여행을 떠났으니 만날 수 있을까 기대도 했
다. 석유 냄새에 취해 호르무즈 협수로에 들어갔다. 바다
는 호수처럼 잔잔했다.

모래는 침대처럼 푹신했고 사막에 솟아난 황금 투구
는 인간을 향한 사랑의 합작품 같았다. 두바이 아부다비
를 바라보면서 알싸한 향기는 매력이 넘쳤다. 부모님이
계신 알래스카로 갑자기 돌아가고 싶었다. 그 모든 환경
이 그리웠다.

여기서도 왕자를 볼 수 없었다. 인도양을 타고 내려오
는 거리와 길마다 모험의 연속이었다.

인도양에서 수면에 떠 있다가 항해 중인 어선과 충돌
직전까지 갔다. 아리온이 위험신호를 보내주어 선박을
피했다. 아직도 여행할 곳은 많았다. 인도양은 긴 항해길
이었다.

그러나 모험은 행복과 평정심을 얻고 푸짐한 음식을

다양하게 섭취할 수 있었다. 멀리서 바라본 인도는 남아메리카 카리브 해안처럼 따뜻했고 조류의 위험도 없었다. 도시와 마을에서 들려주는 음악은 그 지방의 색채를 수시로 변하게 했다. 여행 중인 내 이름은 쵸이다.

쵸이는 연인과 함께 태평양에 들어섰다. 갈라파고스 아래쪽을 유영했다. 그 수역은 에콰도르 해양 영토이다. 그 아래쪽으로 남하했다. 남아메리카 끝지점인 칠레로 향해 나아갔다.

지나간 여행은 유럽의 조개의 속살처럼 진했다. 오늘은 연안을 보면서 수영을 해 나간다.

그리고 먼 바다 칠레로 목표점을 잡았다. 거기에는 친척들이 살고 있다. 항상 경계선은 위험하다. 지난 시간 여행을 했던 모리타니와 모로코를 넘나들며 월선하기를 수없이 했다.

그들은 고래를 보면 총으로 쏜다. 그러기에 조심에 조심을 해야 한다. 너무 위험해서 그 해역을 벗어났다. 아리온과 쵸이는 칠레에 접근했다. 그날 밤 포경선은 고래 두 마리를 추격했다.

쵸이는 포경선의 존재를 잊었다. 방심한 결과였다. 쵸이는 몸에 파고드는 무거운 무게를 받는다.

일반 어선인 줄 알고 가까이 접근하나 포경선에서 발사된 포를 맞고야 말았다. 아리온에게 부탁한다. 나를 잊고 인도양으로 돌아가라 지시한다. 함께 죽음을 맞이할 수는 없다. 아리온은 마지막 이별의 키스를 한다. 아디오스 아디오스.

아바나

아바나 야자수 그늘을 벗어나

양탄자 길을 걸었어요

뜨거운 실바람은 조류의 안정감을 주었고

라이언의 몸을 감싸 안았어요

그들의 시간만 존재했어요

에메랄드 물결은 육체의 해방구

자유로운 영혼이 되었어요

서로의 육체는 수온보다 더 뜨거웠어요

연인은 둘이 하나의 심장이 되어 바다를 누볐어요

다시는 사랑 노래는 부르지 않을래요 라이언

카리브 야자수 그늘은 둘 만의 안식처

이 사랑을 깨우지 말아요

아바나 남녀의 마음은 하늘에 닿았고

해와 달은 이제 하나가 되었죠

사각사각 부서지는 모래 위를 걸을 때

서로의 볼을 비비며 미풍에 실려 온 미역은 사과향

이 되어

라이언의 입술은 무화과 향기로 가득 담았어요

　수평선 넘어 돛단배는 이상향을 찾아 항해하듯 둘이
하나된 마음은 유토피아로 향해 나아가기 시작했다. 둘
은 떠나기 전에 신부인 라이언 가족 그리고 친구들 앞에
서 언약식을 했다.

　둘은 짝이 되어 남아메리카로 여행을 떠났다. 그곳에
는 적당한 수온과 조류, 해조류, 수초들이 풍부해서 자
주 목욕을 했다.

　자주 만나는 친구들 모두가 행복한 삶을 유지했고 서

로를 배려하며 따뜻하게 맞이해 주었다. 경치 좋고 풍광이 뛰어난 곳들을 추천해 주기도 했다.

라이언과 함께라면 사랑은 영원할 것 같았고 세상을 다 가진 것과 다름이 없었고 사랑의 맹세를 했으며 서로를 안전하게 보살펴 주었다.

디오는 아직도 뒤쫓고 있는 포경선의 존재를 느끼면서 만약에 포경선을 만나면 나의 오른쪽에서 유영하기를 바랐다. 항상 오른편을 기억하라 일러주면 알았다며 고개를 끄떡거렸다.

콜롬비아 기니를 지나서 베네수엘라에 도착하여 친구들도 만나며 유영을 했다. 풍부한 수량으로 수영하기 편했고 알맞은 태양 빛에 심해에서 다이아몬드 물방울을 튕겨 수면으로 보내면 환상 속에 있는 것 같았다.

그들의 문화를 배우기 위해 친구들을 만났을 때 탱고를 배웠다. 탱고는 열정이 숨어있는 아주 매력적인 춤이었고, 라이언의 춤 솜씨는 어릴 때부터 음악에 심취했기에 몸과 탱고와 일심동체가 된 듯 화려하고 수수했다. 디오도 춤을 배워서 함께 수영하며 춤을 추었다.

태평양으로 내려갈지, 반대로 대서양으로 갈지 선택을 해야 했는데 대서양으로 가자며 라이언이 말했다. 그들은 대서양을 배경으로 춤을 추듯 나아갔다. 석유 냄새에 정신이 몽롱했으며 어느새 브라질을 경유하게 되어 코파카바나 수역을 마음껏 돌아다녔다.

브라질의 리우데자네이루는 세상에서 가장 아름다운 수영 코스였고, 멀리 보이는 주님의 모습까지 볼 수 있는 더 가까운 곳까지 가보았다.

1월의 강에 꽃이 피었다. 그들의 축제는 시작되었고 연인의 가슴에도 꽃이 피었다. 리오데자네이루는 1월달을 의미한다. 이제 언제 돌아올지는 모른다. 꿈의 꽃은 신비한 강에 피어나 평화의 등불이 된다.

마라카낭은 둘의 마음을 훔쳤고 새처럼 비상한 그들은 평화의 꽃으로 해변을 수 놓았다.

다시 1월의 강으로 돌아온다면 친구들의 환한 미소, 정다운 목소리, 사랑스러운 꽃머리 장식, 아름다운 언어의 품격, 삼바 리듬을 따라 영원히 잊지 못할 꽃으로 피어나겠지. 그리고 이제 그들은 우루과이를 지나 포클랜드로 방향을 잡았고 그곳으로 여행을 하기로 했다.

포경선은 카리브 해안에서 네 마리의 고래를 포획했다. 포경선은 베네수엘라의 어느 항구에 입항하였다. 거기서 하역작업을 했으며 부식을 가득히 실었고 벙커씨유도 유류 탱크에 가득 실었다.

선장은 4일간의 휴식시간을 선원들에게 주었다. 그는 밤에 시내 공원으로 갔다. 그는 운명처럼 태양의 거리에서 그녀를 만나 데이트를 시작했다. 그 밤에 서로의 마음은 이끌렸고 둘은 비 오는 길을 걸었다. 숲을 지나 개울을 건너 커피 향 짙은 집들 사이로 음악이 흐르는 바의 문을 열고 망고나무 아래에서 타오르는 촛불은 서로의 마음을 하나로 이어주었다.

둘은 세상을 다 가진 듯 웃음을 짓고 비에 젖은 검은 머릿결, 검은 눈동자, 부드러운 언어, 달콤한 입술, 입가의 미소 그리고 탱고의 열기에 바를 나와 비를 맞으며 길을 걸었다.

망고 떨어지는 소리에 두 손을 마주 잡고 이 길이 이대로 영원하기를 둘의 마음은 비와 함께했고 셔츠 사이로

불어오는 해풍에 옷깃을 풀고 걸어갔다. 바의 등불은 밤이 깊어갈수록 붉게 물들었고, 탱고는 심장을 뛰게 했고, 서로 말했다. 밥을 먹을 수 있냐고.

창을 두드리는 인기척에 눈을 떴다. 새벽비에 젖은 소녀의 손에는 망고가 들려 있었다.

다음 날 출항이다. 언젠가 돌아오겠다고 굳은 맹세를 한다. 태평양으로 항해를 결정한다. 디오는 포클랜드로 향했다. 포경선은 칠레로 항해하면서 다섯 마리의 고래를 포획했다. 포경선 선장은 포클랜드로 항해를 결정한다.

그곳은 겨울이면 저기압과 바람이 너무나 세차다. 그러나 그는 결정한다. 디오와 라이언은 이곳에서 일주일을 친구들과 원없이 놀았다. 바다의 천국 같다.

여기까지 내려온 포경선은 한 척도 없었다. 그래서 마음이 안정되어 있었다. 포경선은 그곳에 도착했다. 고래들은 신무기로 장착한 포경선을 본 적이 없기에 배에 접근하다 하루에 세 마리씩 잡혔다.

디오와의 거리는 4일 거리였다. 떠나야 할 시간이 왔

다. 둘은 괌으로 코스를 잡았다.

어창에 고래가 가득 담겨 하역을 해야 한다. 괌 옆에 사이판과 티니안이 있다. 티니안에는 하역 시설이 있다. 그곳으로 출발했다. 디오와 라이언은 괌을 경유하여 타히티를 지나 인도양으로 들어선다.

인도 해역을 지나 파키스탄 카라치 항구를 지나서 호르무즈 수역을 따라 두바이 아부다비 항구까지 깊숙이 들어갔다.

되돌아 나와서 아프리카 케이프타운을 지나 시나리온을 지나서 모리타니, 모로코, 라스팔마스를 반환점으로 되돌아 유영하기 시작했다. 포경선은 세네갈에서 멋진 고래 한 마리를 포획한다.

고래잡이 포경선의 금지령이 33일 남았다. 이곳은 미드웨이다. 미드웨이는 2차 세계대전에서 가장 치열한 전투가 벌어진 곳이었다. 지금은 그 당시와는 확연히 다른 모습이었다. 조류는 간지럼 피우듯이 일렁였고 물결에 반사되는 은은한 햇살 또한 평화로웠다.

늙은 선원은 눈을 의심했다. 고래 두 마리가 천천히 나아갔다. 디오는 포경선 왼쪽에서 나아갔다. 그러나 라이언 자신이 왼쪽으로 간다고 애원했다.

디오는 단호했다.

"너는 두 명의 생명이고 나는 한 생명이야. 너를 영원히 사랑해."

이 바다에 물이 없어질 때까지 선장은 담배를 굳게 물고 심호흡을 한다. 운명은 운명이 결정한다. 포수의 시야에는 동이 떠오르는 햇빛으로 고래가 잠시 동안 시야에서 사라졌다.

선장은 선글라스를 쓴 채 이상한 예감에 어느 여성이 준 검은색 팬티를 입고 잠을 잤다. 환상을 보았기 때문이다. 시야에는 하얀색 거품이 솟구쳤고 가까이 갈수록 고래의 유영은 부드러웠다.

그러나 배의 속도가 빠르다. 지금 때를 놓치면 승패는 갈린다. 포수는 무아지경 순간이다. 그의 손에 묵직한 힘을 실어 보낸다.

선장의 통찰력은 '이때다!' 마음속으로 외친다.

포물선을 그리며 궤적을 따라 허공을 가로질러 바닷속

으로 들어간 순간 하늘 위로 피가 솟구쳤다. 보혈은 하늘을 덮고 포경선을 에워쌌다. 하늘 위에서 소낙비가 내리듯 붉은 피가 쉼 없이 쏟아졌다. 라이언은 소리쳤다.

"사랑한다고, 너를 사랑해. 헤어질 수 없어."

디오는 침착하게 말한다.

"알래스카로, 황제고래가 있고, 어머니 탱고가 있는 곳으로 가라!"

디오는 어젯밤 꿈 이야기를 한다.

"먼지가 일어나는 열사의 대지에서 꽃이 필 때 떠나리. 산이 울고 바다가 울면 나 기다리는 별에 가 꽃이 되리. 눈 내리는 사막에서 별이 지는 태양의 섬을 찾아 푸른 새가 날아간 그곳으로. 슬픔의 세상에서 홀로 핀 등대에 꽃 한 송이를 던지며 나 떠나리. 라이언, 아디오스 아디오스."

동경에서 멀리 떨어진 무라사키 해역에서 선장은 그물

을 타고 바닷속에 떨어졌다. 살 수 있는 확률은 제로다. 그는 바닷속에서 마지막까지 다리에 감긴 줄을 잡고 몸 부림쳤다.

줄을 놓는다. 죽음을 선택한다. 그때 그것을 지켜보던 황제고래가 그를 등에 태우고 구조해 주었다. 황제고래의 등에 타고 있자니 과거에도 이런 일이 있었던 것처럼 익숙하였다. 그때 무라사키에서 발이 그물에 감겨 죽을 뻔한 것을 도와준 고래가 불현듯이 떠올랐다.

포경선은 넵튠이 허락한 노획물을 가까이 당긴다. 6시간만에 고래에 밧줄을 건다. 브릿지에 있던 선장은 왼쪽 발에 수족을 끼우고 고래의 등에 탄다. 디오와 선장은 서로의 눈을 마주친다. 디오의 구슬픈 눈이 황제고래의 눈과 너무나도 닮아 있었기에 선장의 눈동자가 크게 일렁인다. 디오의 눈이 서서히 감기고 그것을 한참 동안 지켜보던 선장은 하늘을 보며 헛웃음을 짓는다.

언젠가 한번 만난 사이 같다. 디오는 눈을 감는다.

끝.